書下ろし

うつけ者の値打ち

風の市兵衛⑰

辻堂 魁

祥伝社文庫

目次

不忍池
市兵衛の長屋（雉子町）
口入れ屋「宰領屋」（三河町）
小料理屋「薄墨」（鎌倉河岸）
両国橋
竪川
新大橋
日本橋
北町奉行所
大川
南町奉行所
柳井宗秀の診療所（柳町）
八丁堀
永代橋
一膳飯屋「喜楽亭」（深川油堀）
深川

『うつけ者の値打ち』の舞台

地図作成／三潮社

序章　十一年

あれか。見事な……

戸倉主馬《とくらしゆめ》は呟《つぶや》いた。

裏霞《かすみ》ヶ関《せき》の潮見坂《しおみざか》下の曲がり角から、東の日比谷《ひびや》方面に陸奥岩海《むついわみ》領南城《なんじよう》家の壮麗な表長屋門を眺《なが》めると、胸の高鳴りと、息苦しいほどの悔恨《かいこん》がこみあげた。

怯《ひる》む心を懸命に励まし、垢染《あかじ》みた鈍色《にびいろ》の着物と褪《あ》せた茶の半袴《はんばかま》の扮装《ふんそう》を、形だけでも、と整《とと》のえた。破れた菅笠《すげがさ》の下の、鬢《びん》のほつれ毛を指先でかきあげ、黒塗りの鞘《さや》の所どころが剝《は》げた両刀を差しなおした。

素足に着けた摺《す》りきれた草履《ぞうり》を、ひたひた、と鳴らした。

道の両側に諸侯の上屋敷がつらなる往来をためらいつつ歩むうち、破風造《はふづく》りの両門番所を備え、黒鋲《くろびよう》打ちの門扉《もんぴ》を重々しく閉ざしている長屋門が、だんだんと大きくなった。瓦葺《かわらぶき》屋根の上には、榎《えのき》の木だちが黄色い枯れ葉を残した寒々とした姿を、曇り空へのばしていた。

枯れ葉が、長屋門の瓦葺屋根にも斑《まだら》模様を散らしている。

戸倉主馬が江戸の暮らしを始めて丸十一年がすぎ、早《は》や十二年目の晩秋になっていた。その間、主馬は外櫻田《そとさくらだ》にある南城家十万石の江戸屋敷に近づいたことはなかった。遠くから眺めたこともない。

北へ折れる小路を通りすぎ、土塀《どべい》ぎわの南への曲がり角にある辻番《つじばん》の前もすぎた。中背に痩軀《そうく》、月代《さかやき》がのび無精髭《ぶしょうひげ》を生やしたみすぼらしい風体《ふうてい》の主馬を、番人が咎《とが》めることはなかった。

昔は武家の家士が辻番の番士を務めた。近ごろは、どの辻番も人宿組合の寄親《よりおや》が請け負い、大抵は三人か四人の寄子《よりこ》が番人を務めている。ただ、辻番の前をすぎた主馬の背中に、番人の目が張りついているのは感じられた。

気にするな。

主馬は言い聞かせた。

往来《うおう》を突きあたり、お濠《ほり》の白壁に沿って北へ曲がれば山下御門《やましたごもん》、南へ折れれば幸橋《さいわいばし》御門である。

その往来の前方に、一匹の野良犬が主馬のほうへ近づいてくるのが見えた。野良犬は、主馬の手前まできて立ち止まって首をもたげたが、みすぼらしい主馬を蔑《さげす》むかのように、すぐに顔をそむけて傍《かたわ》らを通りすぎていった。

岩海家の門前まできて、主馬は破れ笠を持ちあげ、長屋門の軒庇《のきびさし》を見あげた。軒庇の上に曇り空が広がっている。気を鎮《しず》めるためにひと呼吸を吐《つ》いた。

屋敷は冷《ひ》ややかな静寂《せいじゃく》に閉ざされ、往来に人影は途絶《とだ》えていた。

小門のあるほうの門番所へ進み、縦格子《たてごうし》の中の障子《しょうじ》戸に声をかけた。

「お頼みいたします。おとり次をお願いいたします。お頼みいたします」

再びひと呼吸をおき、また「お頼みいたします」と言った。

すると、「どうれ」とこたえた。障子戸が引かれ、紺《こん》看板（法被《はっぴ》）の門番が格子の中に顔を見せた。

「どなたさまで……」

門番は言葉を呑《の》みこんだ。うん？　と疑わしげな眼差《まなざ》しになった。主馬は膝《ひざ》に手をあて、門番へ深々と頭《こうべ》を垂《た》れた。

「門前をお騒がせいたし、申しわけございません。それがしは、や、藪下三十郎《やぶしたさんじゅうろう》と申します」

顔を伏せたまま名乗った。門番は、冷めた不審な目で、破れ笠の天辺《てっぺん》から破れ草履の爪先《つまさき》までを見廻した。

「何用《なによう》だ」

と、名を訊《き》きかえしもせず、ぞんざいに質《ただ》した。

「は、はい。当お屋敷にお仕《つか》えの、登茂田治郎右衛門《ともだじろうえもん》さまにお目どおりをお願いいたしたく、参上いたしました。何とぞ、おとり次をお頼みいたします」

沈黙が流れた。

「登茂田治郎右衛門さまとは、お蔵屋敷の名代《なだい》の登茂田さまのことか」

「さようでございます。十年前、岩海ご城下の大手前に、南城家高知衆《こうちしゆう》の登茂田家のお屋敷がございます。十年前、登茂田治郎右衛門さまは、国元にてお蔵方の組頭に就《つ》かれておられました」

「十年前？　そちらは岩海の方か」

「不束《ふつつか》ながら、以前、登茂田さまに少々所縁《ゆかり》ある者でございます」

「登茂田さまはお蔵屋敷にご出仕ゆえ、本日は当お屋敷におられぬ。ご用ならばそちらへ向かわれよ」

束の間、主馬はためらった。しかし、すぐに顔をあげた。

「な、ならば、猪川十郎左《いかわじゆうろうざ》さまか、もしくは勝田亮之介《かつだりようのすけ》さまにおとり次をお頼みいたします。お二方もやはり高知衆のお家柄で、以前は登茂田さま組下のお蔵方でございました」

「猪川十郎左さまか勝田亮之介さま？　どなたかの添状をお持ちか。そちら、えぇっと、名はなんでしたかな」

「藪下三十郎でございます。火急のことゆえ、どなたの添状も持ち合わせておりません。藪下三十郎と申しましても、お忘れになられていると思われます。しかしながら、十年前、岩海城下の《川島《かわしま》》にて、登茂田さま、猪川さま、勝田さまとしばしば歓談した者とお伝えいただければ、おわかりになられます」

「川島とはなんだ」

「はい。ご城下を流れます中津川《なかつがわ》を望む酒亭でございます。門番どのは、お国の方ではございませんのか」

「違うよ」

門番は素《そ》っ気《け》なくかえし、後ろへふり向いて奥の朋輩《ほうばい》と、「物乞いではないらしい。国の者のようだ……にとり次げとよ」と、言葉を交わしていた。

「少々お待ちを。うかがってまいりますので」

門番は言葉つきを少し改め、障子戸を無造作に閉めた。

主馬は固く閉じた門前に、ぽつん、と残された。日も射さない寒空の下に、なす術《すべ》なく佇《たたず》んだ。わずかこれだけの遣《や》りとりで、冷や汗をかいた。お津奈《つな》と赤ん坊の文平《ぶんぺい》を思い出し、胸が痛み、ため息が出た。

だいぶ待たされてから、門わきの小門がためらうような音をたてた。四、五寸《すん》（約十二〜十五センチ）ほどの隙間《すきま》から主馬を睨《にら》む顔が見えた。忘れはしない。猪川十郎左だった。主馬は小門のほうへ、頭を深々と垂れた。

頭をあげると、猪川が隣の人影と小声を交わした。それから小門がゆっくりと開かれた。裃《かみしも》姿の猪川が門外へくぐり出て、続いて同じく裃を着けた勝田亮之介が小門をくぐった。勝田が門を閉じた。

「猪川さま、勝田さま、ご無沙汰いたしております」

主馬は、破れ笠を目深《まぶか》にかぶったまま、懸命に笑みを拵《こしら》えた。だが、二人は眉《まゆ》をひそめただけだった。

「藪下三十郎と聞いたから、誰かと思ったぞ」

猪川が不機嫌を隠さずに言った。勝田が声をひそませ、続けた。

「おぬし、やはり江戸にいたのか。知らなかった」

「はい。六本木《ろつぽんぎ》通りを南へ越えた麻布《あざぶ》の宮村《みやむら》町という町家に、今は藪下三十郎と名を変えて……」

「六本木通りを越えて？　ここから近いのか」

「およそ、半刻《はんとき》（約一時間）余ほどかと」

「半刻余？　近いな」

「ご近所の本村上ノ町《ほんむらうえ》のお隣に、南城家の下屋敷があります」

「ああ、あの近所か。まずい。家中の者に知られたらただでは済まぬぞ」

「ご近所に住まいを定めましたのは、他意があってのことではありません。偶然《ぐうぜん》です。そこにしか暮らす手だてが見つからなかったのです」

「不用心なやつだな。迷惑だ」

「しっ。声が大きい」

猪川が勝田を制した。門番所の障子戸を少し開け、門番が三人の様子をうかがっていた。

「歩こう」

猪川は勝田と主馬を促した。

主馬は猪川と勝田のあとに従い、往来を戻った。

潮見坂をのぼって裏霞ヶ関からしばらくいって、往来を幾つか折れ、やがて日《ひ》吉山王大権現社《よしさんのうだいごんげんしゃ》の石の大鳥居の前に出た。鳥居を先にくぐった猪川と勝田は、参道をどんどん進んで、髄身門《ずいじんもん》にのぼる男坂の手前で立ち止まった。

主馬へふりかえり、苛《いら》だった口調で言った。

「半年ほど前、われらが江戸詰めになっていることをいつ、誰から聞いた」

「半年ほど前、偶然、聞いたのです。登茂田さまが五年前より蔵役人として江戸詰めになられ、今は蔵屋敷の名代に出世なさっておられるそうですね。大したものだ。相前後して、お二方も登茂田さま配下の蔵役人に就かれ、江戸上屋敷の勤番に就かれたとも……」

「だから、誰にそれを聞いたのだ」

「誰ということではありません。知らぬ方です。南城家のご家中の方々が、そういうお役目の噂話《うわさ》をしておられ、登茂田さまやお二方の名が出たのをたまたま耳にしたのです。そうだったのかと思っただけです」

「たまたま耳にしただと？　どういうことだ」

「恥ずかしながら、それがしは今、宮村町の藪下と呼ばれている岡場所の見廻り役を暮らしの方便《たつき》にいたしております。一切《ひときり》二百文ほどの局見世《つぼねみせ》ばかりですから、お客はご近所の武家屋敷勤番の若いお侍方が多いのです。中に南城家ご家中の方々もおられたのです。その方々が女相手の酒盛りのさ中に話しておられたのを、たまたま耳にいたしました。ご心配なく。若い方々がご家中の噂話や上役の評判などを酒の肴《さかな》にしておられた、その程度のことです」

「馬鹿者どもが……」

勝田が吐き捨て、主馬は目を伏せた。

「岡場所の見廻り役とは、要するに用心棒か」

猪川がなおも言った。

「さ、さようです。見世でもめ事を起こさぬ限りは、それがしがお客と顔を合わせることはありません。お客は殆《ほとん》どが若い方々ばかりです。こんな形《なり》をしたそれがしのことなど、どなたも気づきはしませんし、気になされません。名も藪下三十郎と変えておりますし」

「亮之介、藪下を知っているか」

「名は知っている。下屋敷の下僕らが時どき遊びにいっているようだ。女の品はよくないと聞いた。主馬、そんなところの用心棒をしているのか」

勝田に言われ、主馬は唇《くちびる》を結んだ。

「半年前から知っていたのに、これまで訪ねてこなかったのはなぜだ」

と、猪川が質した。主馬はこたえられなかった。

勝田が冷ややかに浴びせた。

「主家を欠け落ちした者と気づかれれば、罰せられるからだろう」

「ならば、なぜ今になって訪ねてきた」

「お家を捨てた身です。あなた方をお訪ねする気は、元よりありませんでした。しかし、金が要《い》るのです。恥ずかしながら、金を無心にまいりました」

主馬は破れ笠の下に伏せた顔を震わせた。

猪川と勝田が、やはり、と目配せした。

「なんの金だ」

「妻がおります。この春に倅《せがれ》が生まれ、四十一歳にして人の親になりました。その倅が半月前から百日咳《ひゃくにちぜき》に罹《かか》り、今日もまだひどく苦しんでおります。医師に診せたいのですが、薬礼が高額で、医師に診せることも薬を求めることもできません。このままだと倅の命があぶないのです。薬を購《あがな》わねばなりません。借りられるあてからはすでに、借金をしつくしました。売れる物はこの刀しか残っていません。しかし、この刀を売ると稼業に差し支えがあります。女房も働いておりますが、それがしも稼がねば暮らしていけないのです。切羽《せっぱ》つまり、恥を忍んでお願いにあがりました。どうか、倅を助けてください」

猪川と勝田は、力なく頭を垂れた主馬へ薄笑いを投げた。

「女房は女郎か」

勝田が嘲《あざけ》って言った。

「ち、違います。妻は麻布の十番馬場町《じゆうばんばば》で飯炊きをしております。ですが、純朴な心根の優しい女です」

「飯炊き女が女房か。女郎よりはましというわけだな。そんな女が産《う》んだ赤ん坊の命が、武士の面目《めんぼく》よりも大事かね」

主馬は顔をそむけた。唇を嚙《か》み締《し》め、嘲りを堪《こら》えた。

「亮之介、よせ。冗談だ、主馬。で、幾らいる」

「薬礼のほかに、借りた金の期限が迫っております。妻が倅の看病のために働きに出られず、それがしの稼ぎだけでは間に合いません。日々の暮らしのこともあります。できますことなら、十両ばかりを……」

「なんだ。薬礼だけの話ではないのか。要するに、貧乏暮らしをしておるから金を用だててほしいのだな。それもわずか十両ごときだ。おちぶれたな、主馬」

「それがしはよいのです。身から出た錆《さび》です。しかし、倅は違います。倅に罪はありません。倅の命がかかっております。何とぞ、お願いいたします。何とぞ、お察しいただきたく……」

主馬はいきなり二人へ土下座をした。境内《けいだい》を通りかかる参詣客《さんけいきやく》が、何事か、というふうに三人のほうを見かえった。

ちっ、と勝田が舌打ちをした。

「みっともない。どうする、十郎左」

「どうする？　このまま追いかえすわけにはいかぬだろう。登茂田さんに任《まか》せよう。立て、主馬。わずか十両と言っても、じつのところ、われらとておいそれとは動かせぬ大金だ。登茂田さんなら、なんとかできるかもしれぬ。登茂田さんに頼んでみるか」

「は、はい。登茂田さまにお頼みします。お蔵屋敷をお訪ねすれば、よろしいのですな」

主馬は、なおも薄笑いを浮かべて立ちはだかる二人を仰ぎ見た。

半刻後、主馬は麹町《こうじ》二丁目の料亭《むらさき》の、二階座敷の次の間に控えていた。襖《ふすま》ごしに艶《あで》やかな女の声と、男らの歓談が聞こえた。器《うつわ》の触れる音がし、美味《うま》そうな料理の匂いが空腹に応えた。

裃を羽織袴に替えた猪川と勝田に、この料亭へ伴われてきた。

「呼ぶまでここで待て」

と言い残し、二人は座敷の中へ消えた。

二人が座敷に入ると、男女の声がいっそう華やかに賑わった。

まだ昼下がりの刻限だが、登茂田はこの座敷にいるらしい。

十一年前と似《に》ている、と思った。

あのころも、岩海城下中津川端の酒亭・川島で、昼間から談合の場に呼ばれた。商人らの供応《きようおう》をしばしば受けた。組頭だった登茂田、蔵方上席の猪川と勝田がいて、主馬もその供応の相伴《しようばん》に何度か与《あずか》った。

初めはためらいびくついたが、回数を重ねるにつれて慣れていった。

登茂田の命ずるままに主馬は、それを行なった。むろん、それがどういう所業か承知したうえだった。考えるな、と自分に言い聞かせた。父母や妹にも感づかれぬように腐心した。その挙句《あげく》がこの様だ。

主馬は襖ごしに聞こえる男女の歓談を聞きながら、虚《むな》しく自嘲した。

襖がするりと開き、猪川が顔をのぞかせた。

「主馬、入れ」

主馬は頭を垂れた。猪川の指図で座敷の中へ、腰をかがめて進んだ。

座敷は昼下がりの明るみを映した明障子がずらりと並び、外の明るさと酒や料理の芳醇《ほうじゅん》な匂いが華やかにからみ合っていた。

だが、座敷に入った途端、宴《うたげ》は白々とした沈黙に包まれた。

主馬は畳に手をつき、顔をあげなかった。

障子側に紺や鼠色《ねずみいろ》の羽織に着流しの町人風体が二人、そして正面に黒羽織に縞袴の、くつろいだ登茂田らしき様子が視界の一方に認められた。猪川と勝田は町人風体と向き合って着座し、それぞれの前には豪勢な料理の一の膳と二の膳、朱塗りの提子《ひさげ》が並んでいた。

麴町の町芸者の艶やかな着物の模様が、登茂田と町人風体の傍らに見えた。

主馬は畳に手をついたままだった。動かなかった。

「登茂田さま。主馬です」

猪川が言った。

「登茂田さま、お、お久しゅうございます」

主馬の震える声を、芸者のひとりが、はは、と笑った。

「主馬、手をあげよ」

登茂田のやや高い張りのある声が言った。

おずおずと身を起こした。

十一年前より肥《こ》えた登茂田の赤らんだ顔と、眉の薄い一重《ひとえ》の尖《とが》った目が、正面にあった。顎《あご》が二重になり、肩が丸くなっていたが、自信の張る風貌は変わらなかった。

町人風体の二人も恰幅《かっぷく》はよく、登茂田よりはだいぶ年配に思われた。

芸者は年かさ二人に若い二人の四人だった。それに猪川と勝田の九人の眼差《みなざし》が、主馬へからみつくようにそそがれている。

「久しぶりだ。息災だったか」

「はい。どうにか、生き長らえてまいりました」

「だいぶ老けたな。苦労の跡が見える。歳《とし》は幾つになった」

「この春、四十一に相成りました」

「そうか。四十を超えたか。あれから十年がたった。歳をとるわけだ」

登茂田が笑い、二人の町人も軽く笑い声をそろえた。

「十一年です」

主馬は低く言って、笑い声を打ち消した。

「この男は戸倉主馬と申しましてな。国元におりましたころは、わが組下の者でした。ずいぶんと目をかけてやったのですが、十年前、いや十一年前にこの者のお役目に不始末が見つかり、咎めを逃れて欠け落ちをしたのです」

「ほう、欠け落ちを。それはまたお侍さまらしからぬ、大胆なふる舞いですな」

町人のひとりが、軽い皮肉をにじませた。

「さよう。われらも驚きました。国元より忽然《こつぜん》と姿を消し、この者の仕出かした不始末の子細はわからず仕舞いです」

「わかります。いざ、咎めを受ける段になると、意気地がなくなるのは無理ありません。お侍さまとて、そう簡単に腹はきれませんよ」

もうひとりの町人が言った。

「あら、お腹をきるんですか。痛そう」

「そりゃあ痛いに決まっている。つん、じゃなくて、ちく、だからね」

町人と若い芸者が、あはは、おほほ、と笑い声をまいた。

「国を出奔《しゆつぽん》し、江戸にひそんでいたとは知らなかったぞ、主馬。あのときおまえは三十歳だったな」

主馬は登茂田へ、目を伏せて頷《うなず》いた。

「三十の歳から、十一年も江戸でお暮らしだったのですね。江戸のどちらに?」

　町人が訊くと、勝田がからかった。

「この男は今、麻布の宮村町の藪下という岡場所の用心棒をやっているのです。見た目は貧相でも、剣はなかなかの腕前なのです。なあ、主馬」

「これがおできになって、岡場所の用心棒ですか。それはそれは……」

　と、町人は意味もなく感心する素ぶりを見せた。

「藪下とは、どれほどの岡場所でございますか」

「女の品の悪い局見世ばかりです。旦那衆のいくところではありません」

　あはは、と勝田はひとりで高笑いをした。

「本来ならば、不届き者、腹をきれ、と命ずるべきなのでしょうな。しかし、早や十年以上の歳月がすぎ、今となっては、この者のむさ苦しい瘦せ腹をきらせたとてお家になんのお役にもたちません。それに、不届き者ではあってもかつては目をかけたわが配下。どうか、大目に見てやってください」

「いえいえ。登茂田さまのご心中、お察しいたします。親の心子知らず、と申します。それでこそ、人の上にたつ登茂田さまに相応《ふさわ》しい濃《こま》やかなお心遣いでございますとも」

「痛み入る。主馬、こちらのお二方は、南城家の蔵元・楢崎屋《ならさきや》の嶺次郎《みねじろう》どの、それから南城家の金銭の出納《しゅつのう》を引き受ける掛屋《かけや》・松前屋《まつまえや》の伝左衛門《でんざえもん》どのだ。ご両所とも南城家蔵屋敷の立入人《たちいりにん》であり、申すまでもなく十分におとりたてゆえ、無礼があってはならぬぞ」

主馬は頭をいっそう低くした。

「では宴を続けましょう。戸倉さんにお酒をついで差しあげなさい。さあさあ、賑やかに続けましょう」

松前屋の伝左衛門が、若い芸者に言った。芸者は主馬のそばへ膝を進め、「お受けなさんせ」と杯を差し出した。脂粉《しふん》の香りに、主馬はくすぐられた。思わず杯をとったが、酒を呑んでいる場合でないことを思い出し、

「いえ、それがしは……」

と、芸者の傾けた朱の提子を制した。

すると、登茂田が命じた。

「主馬、宴の座にきて無粋なことを申すな。おまえひとりが呑まぬ気か。せっかくの座が白けるではないか。心配いたすな。猪川から聞いた。金の無心だろう。その相談にはあとで乗ってやる。今は呑んで騒いで、おまえの辛気臭《しんきくさ》い顔つきを

少しはほぐせ」

若い芸者が提子を差した恰好《かっこう》のまま、ぷっ、と噴き出した。

主馬は芸者に酒をつがれ、杯を勢いよく乾《ほ》した。その勢いに座敷が沸いた。芳醇な香りに包まれ、空腹に染みた。こんな美味い酒を呑むのは、中津川端の川島で受けた供応のとき以来だった。

美味いな、と思った。安酒すら満足に呑めぬこの十数年の暮らしだった。

空腹で呑んだため、主馬はたちまち酔い痴《し》れた。

そのうちに三味線《しゃみせん》と太鼓《たいこ》が始まり、二人の芸者が踊り始めた。主馬は袴の股《もも》だちを高くとって、芸者らにまじっておどけて踊った。登茂田や町人らの哄笑《こうしょう》を誘った。お津奈と文平に、済まないと心の中で詫びた。

しかしながら、いつの間にかそれも忘れていった。

気がついたとき、明障子には夕方の気配が射していた。料亭は気だるく静まりかえり、明障子の外を烏《からす》が虚しげに鳴き渡っていった。

宴のあとの座敷に、登茂田と猪川、勝田、そして主馬が残っていた。

主馬は座敷の天井や畳がゆらりゆらりとゆれる中で、膝を強くにぎって倒れまいと畏《かしこ》まっていた。正面の登茂田が主馬の刀をとり、柄《つか》に手をかけ一尺《しゃく》（約三十センチ）少々を抜いたところで止めるのを見つめていた。

登茂田は、鈍い光を放つ刀身を睨んだ。そして、黄ばんだ歯を見せて笑った。刀身を戻し、黒鞘の所どころがはげた一刀を主馬の前に投げ捨てた。がしゃり、と刀が畳に転《ころ》がった。

「無礼でしょう。武士の刀を、そのような。許しませんぞ」

主馬は、登茂田へ酔って朦朧《もうろう》とした目を投げた。

「主馬、口を慎《つつし》め。だらしがないぞ」

猪川がたしなめ、勝田が低く言った。

「体もなく酔っ払いおって。馬鹿が」

「呑めと言われたのは登茂田さまですぞ。言われたとおりに呑んで、酔っ払ったのが悪いですか。呑みたくて呑んだのでは、ありません。国を捨てたくて捨てたのでは、ありません」

「なんだと。今さら未練がましい。卑《いや》しい男だ」

「その卑しい男に救われたのは、あなた方でしょう。それがしのお陰で、美味い酒が呑め、豪勢な料理を食って、その上等な着物を着ていられるのではございませんか。なんなら、今からでも上屋敷に乗りこんで、洗いざらいぶちまけても、よろしいのですぞ。登茂田さま、それがしはいつでも、腹をきる覚悟はできておりますぞ」

そう言って主馬は、あっぷ、とおくびをもらした。

勝田がいまいましげに顔をしかめた。

「おのれ、ほざいたな。痛い目を見たいか」

「痛い目ですと？　面白い。勝田さま、いつでもお相手いたしますぞ。勝田さまごときでは、わが相手にはなりませんがな」

主馬は転がった刀をつかんで、鐺《こじり》を畳に鳴らした。

「許さん」

勝田が刀の柄をにぎった。鞘が膳に触れて、皿や鉢《はち》が音をたてた。

「やめろっ。二人とも頭を冷やせ」

猪川が声を低くして咎めた。

「主馬、十両を用だててほしいのか」

登茂田の高い声が、主馬の酔った頭をじわりと押さえつけた。

「薬礼が要るのです。倅の命がかかっております。お願いいたします」

主馬は、ゆれる身体を倒すように畳に手をついた。

「よかろう。十両を用だてよう」

「よかった。ありがたい。これで倅が助かります。わが女房にも、面目が……」

と、ふらつきながら両手を差し出した。

「ところでな、主馬。おぬしにひと働きしてもらいたいことがあるのだ。力を貸してくれぬか、昔のように。どうだ」

「昔のように？　何をせよと」

「欠け落ちしたおぬしに、蔵屋敷の出納台帳を任せるわけにはいかんだろう。よって、このたびはもっと簡単な仕事だ。おぬしの自慢の一刀流の腕が要る。刀の砥《と》代《ぎ》を十両に上乗せする」

うむ？　と主馬は酔眼に胡乱《うろん》な色をにじませた。

「一刀流の腕が、要るとは、それがしに、人を斬《き》れと、言われるのですか」

「われらの金を着服した者がいる。とんでもない悪人だ。放ってはおけぬ。よって、おぬしに頼みたい。十両に倅の命がかかっておるのだろう。まさか、断りはしまいな」

「ふん、相変わらず人の悪いお方だ。その悪人は、あなた方が着服した金の上前をはねたわけですな。それは、もっと上手をゆく悪人だ。ひとりですか？　十人ですか？　百人ですか？　ご用だていただけるなら、千人でも万人でも、斬って斬って、斬りまくって見せますとも」

差しのばした手をふらつかせつつ、主馬は言った。

「ところで、登茂田さま。国元のわが父母と妹は、息災でおりますか。国を捨ててからそれがしは、国元の父母や妹とはいっさいの音信を絶ち、南城家のお屋敷にも近づかず、ひたすら身をひそめて暮らしてまいりました。それが、みなさま方との、約束でございましたからな」

「ああ？　ああ、あれか……」

「あれか、ですと？　お約束の、わが父母と妹への扶持米《ふちまい》は、くだされておるのでしょうな」

主馬の酔った声が荒っぽくなった。登茂田が猪川に目配せした。

「むろんだとも。約束は守っておる。われらは今、江戸詰めのためどのように暮らしておるかを詳しくは言えぬが、約束の扶持米はちゃんとわたるように手配はしておる。安心しろ」

「ふん、どのように暮らしておるか、ですか。まあ、ならばいいのです。それがしは、わが戸倉家に泥を塗り、戸倉家は改易と相成りました。みなさま方のために、承知のうえで泥をかぶりました。ううっぷ、みなさま方のお力で、いずれは戸倉家の再興は、かなうのでしょうな」

「わかっておる。われらの家が安泰な限り、戸倉家の再興はかなえてやる。ときを待て。我慢するのだ」

登茂田が言った。

「登茂田さま、いつまで我慢すればいいのですか。それがしは、わが父や母を裏ぎり、妹の貢《みつぐ》の一生を踏みにじったも同然なのです。貢はもう三十代の半ばをすぎております。縁に恵まれましたでしょうかな。子はできましたでしょうかな」

「われらが国元を出るときはまだ独り身だった。五年前だ」

「くそ。貢、済まぬ。愚かな兄のせいだ。済まぬ」

ぐああ……

主馬はうめき声を発した。刀をつかみ、勢いよく立ちあがった。傍らの膳に足があたって、がちゃり、と音をたてた。

「何をする。落ち着け、主馬」

猪川が怒鳴《どな》った。登茂田と勝田は、顔をこわばらせた。

すると主馬は、身をひるがえして襖を開け放ち、よろけながら逃げるように部屋を出ていった。よろける足音が、廊下を遠ざかっていった。

「あれで、よろしいのですか」

猪川が、襖を開け放ったままの廊下を見やって、登茂田に言った。

「あの馬鹿、国元のことは何も知らぬようですな」

勝田が、こわばっていた顔つきをゆるめて言った。

「あれほど融通《ゆうずう》の利《き》かぬ者は珍しい。国元にも南城家にもいっさい近づかぬという約束を後生大事に守っていたとは、希《まれ》に見る一徹な愚者《ぐしゃ》だな。わたしは暴れ出すのかと思ったぞ」

「あの男をこのままにしておくのは、禍《わざわい》の種《たね》になるのではありませんか」

「ふむ。貧すれば鈍する、だ。腹を空かした痩せ犬は、餌を与えてやれば尻尾をふる。江戸にいるとわかったからには、われらの手の中で踊らせていたほうがよい。愚者も千慮に一得ありと言うぞ。まずは村山景助《むらやまけいすけ》だ。あの目障《めざわ》りな男は放っておけん。所詮《しょせん》、小者だが侮《あなど》れぬ。始末しなければ、われらがあぶない。明日はない」

登茂田は、引きつるように頬《ほお》を歪めて言った。

それは、そぼ降る雨の宵《よい》だった。

五ツ半（午後九時頃）すぎ、南城家勘定方の村山景助は、麴町四丁目の松前屋を出た。

麴町四丁目から山元《やまもと》町の町家を抜け、平川《ひらかわ》天神の裏通りをすぎ、馬場のあるあたりまできたとき、まだ四半刻（約三十分）はたっていなかった。

四ツ（午後十時頃）には、屋敷に帰れるだろう、と景助は考えていた。

そこから平川天神前の三軒屋のほうへ折れ、永田《ながた》町を通って裏霞ヶ関と潮見坂をくだり、外櫻田の南城家上屋敷へ戻るのがいつもの道順だった。

夜の早い表店《おもてだな》は、すでにどこも固く戸を閉じて寝静まっていた。晩秋の冷たい雨が、往来にひそやかに煙っている。ただ、馬場のあたりの疎林《そりん》の影が、かすかなざわめきを往来にまで伝えていた。

平川町をすぎれば、しばらく旗本屋敷の土塀がつらなり、永田町、霞ヶ関、日比谷の外櫻田にかけて、鬱蒼《うっそう》とした木々に覆《おお》われた諸侯の屋敷が続いている。

景助は紙合羽《かみがっぱ》をまとい、足下は高足駄《たかあしだ》。片手に蛇の目傘《じゃのめがさ》を差し、もう一方には松前屋で借りた提灯《ちょうちん》を提げていた。夜も更《ふ》けたうえにそぼ降るこの雨で、人通りは途絶えていた。ぬかるんだ道を咬《か》む足駄と蛇の目を打つ雨の音ばかりが、宵の静寂を破っていた。

往来を左へ曲がり、ほどなく三軒屋の往来に出るあたりへきた。

三軒屋の往来へ出れば、近くに旗本屋敷の組合辻番がある。

そのとき、景助は前方の一軒の店の角に佇む人影を認めた。人影は一体で、傘を持たず、菅笠をかぶり紙合羽を着けているらしく、暗がりの中にも笠や合羽に雨の跳《は》ねている様子が見てとれた。

腰に帯《お》びた両刀の影で、侍と知れた。袴の股だちを高くとり、素足に草履履《ば》きだった。足下が濡れるのもかまわず、侍はつくねんとした相貌をぬかるんだ道へ落としていた。

誰かを待っているのか。

景助は警戒した。歩みを止め、このまま進むか引きかえすかためらった。

と、前方の人影が歩みを止めたことに気づき、伏せた顔をあげた。店の角から一歩前へ出て、やおら向きなおった。そこで景助は、いつの間にか往来の後方に、数人の気配が迫っているのに気づいた。

まずい。つけられていたか。

全身に戦慄《せんりつ》が走った。盗人や野盗の類《たぐい》ではない。道の前後をふさいだ人影が、自分に用があることはもはや明らかだった。どうしよう、と考えた。

だが、なんの手だても思い浮かばなかった。

両側に表店がつらなる道は、前へ進むか後退するしかなかった。

景助は、吸い寄せられるように前方の侍の影へと歩みを進めた。

提灯を高くかざした。菅笠の下に目だけを残して覆面をした相貌を、提灯の薄明かりが照らし出した。

侍は木偶《でく》のように佇み、雨に打たれていた。

「誰だ」

声を張りあげた。

数名の後方より、前方のひとりを蹴散《けち》らして大声をあげながら逃げる。三軒屋の往来に出れば辻番がある。咄嗟《とっさ》に、その手だてしか考えられなかった。

「村山景助どので、ござるか」

覆面の下からくぐもった声がかかった。

うん？　と景助は首をかしげた。言葉に国の訛《なまり》が感じられた。雨に打たれた様子が、なんとなくみすぼらしく見えた。

「岩海の者か」

景助は叫んだ。こたえはかえってこなかった。

「何用だ」

再び叫んだが、影はひたすら沈黙した。ただ、地面を叩く雨の音ばかりが聞こえている。異様な殺気が、道の前後に漲っていた。冷たい汗が身体中に流れた。

もはや、ためらってはいられなかった。

蛇の目を捨て、提灯を捨て、高足駄を脱ぎ捨てた。

蛇の目が道に転がり、提灯の火はたちまち消え、往来は暗闇に包まれた。雨の音だけが、ざあざあと耳元で鳴っていた。

景助は紙合羽を払った。刀の柄をとり、鯉口《こいぐち》をきった。そのとき、

「やれっ」

と、背後に迫る声が聞こえた。

景助は抜き放ち、上段にとった。

わああ……

喚声を発し、雨を散らしつつ前方の侍へ突進した。

「狼藉者《ろうぜきもの》っ」

身を躍《おど》らせ、上段よりの一撃を見舞った。

即座に侍の抜き放った一刀が、かちん、と景助の一撃を雨煙《うえん》を巻いて撥《は》ね上げた。瞬間、凄まじい力が景助の手を痺れさせた。身体が浮きあがり、仰のけに倒れそうになるのを、一歩を大きく退《しりぞ》いて堪えた。

そこへ、横薙《よこな》ぎに一撃を刀に受けた。

刀をはじき飛ばされ、店の板壁に跳ねた。

間髪《かんはつ》容れず、刀がかえって襲いかかり、紙合羽を舐めた。

景助は道端へ跳んで身を躱《かわ》した。だが、勢いに呑まれ、堪えきれずに一軒の軒下へ転倒した。夢中で脇差を抜きながら、表店の板壁を背に侍へふりかえった。

見あげると、半間《けん》(約九十センチ)もない間近に侍が上段にかざして迫っていた。降りしきる雨が、侍の影の輪郭に沿って水飛沫《みずしぶき》を散らしていた。

景助は懸命に脇差をかざした。力量が違いすぎた。次の一撃は躱せない。これまでだと、観念した。目をぎゅっと閉じた。

「斬れ」

声が聞こえた。

目を開け、侍を見あげた。すると侍は上段にかざしたまま、まだ雨に打たれていた。なぜだ、なぜ斬らぬ。景助は思った。菅笠の下の侍の目が、ためらっていた。逃げろ、と言っているように見えた。

侍から目を離さず、恐る恐る背を板壁に這わせた。

「おぬし、岩海の者か」

言った刹那《せつな》、左わきから打ち落とされた一打が景助の肩とうなじを咬んだ。

「あ、つうう」

うめいた。脇差をかざし、肩を咬んだ刀身をにぎった。

だが、刀身はつかんだ指を飛ばし、うなじと肩を撫で斬った。脇差がこぼれ落ちた。膝を落としながら、血の噴く音を聞いた。

俯せに倒れた景助の傍らに、草履と泥が跳ねて汚れた白足袋が見えた。

景助はその男を見あげた。暗くて顔は見えなかったが、それが誰かはわかっていた。それから、前方へ目を向けた。上段にかまえた侍はやはりじっと固まり、景助を見おろしていた。

「おぬし、岩海の……」

繰りかえし言いかけたとき、侍はくるりと踵《きびす》をかえし、雨の降りしきる夜道の彼方《かなた》へ走り去っていった。

「不甲斐《ふがい》なし。あれしきの者……」

「馬鹿が。役たたずめ」

傍らで男たちが言った。それから、雨の音がだんだん遠退いていった。

ほんの短い間の人の声と斬り合いの騒ぎが収まり、雨の音のほかは途絶えてから、店の者が恐る恐る表戸の潜戸《くぐりど》を開け、往来をのぞいた。しかし往来には、そぼ降る雨に打たれる一個の黒い影が打ち捨てられているばかりで、あたりに人影はすでに見えなかった。

第一章　藪下《やぶした》

一

昨日、今年最初の冷たい木枯《こが》らしが吹き荒れたのに、今日は一転して風は止み、秋の半ばごろを思わせる穏やかな陽気になった。

夕暮れどきの深川油堀《ふかがわあぶらぼり》の水面《みなも》は、旅芸人の赤い隈《くま》どりのような空の茜色《あかねいろ》をべったりと映していた。

大川端《おおかわばた》の佐賀《さが》町から堀川《ほりかわ》町へとって千鳥橋《ちどりばし》の船着場の見える油堀端に、一膳飯屋の《喜楽亭《きらくてい》》が、早や縄暖簾《なわのれん》と赤い軒提灯を店先に吊《つ》るしていた。表戸の油障子に《飯酒処　喜楽亭》の筆書きが読める。

とき折り、その喜楽亭で犬が遠慮がちに吠《ほ》えているのが聞こえてきた。

油会所の油壺を積んだ船が、油堀の水面を乱して大川のほうへ漕《こ》ぎすぎていった。それと入れ替わるように、黒羽織の定服を着けた北町奉行所定町廻《じようまちまわ》り方同心・渋井鬼三次《しぶいきさじ》と手先の助弥《すけや》、助弥の下っ引の蓮蔵《れんぞう》が、大川を背に油堀端を喜楽亭のほうへのどかに歩んでくるのが見えた。

三人の雪駄《せった》が、たらんたらん、と夕暮れの油堀端に鳴っている。

中背に痩せたいかり肩を波打たせた渋井の、顎の尖った顔つきが妙に生《なま》っ白《ちろ》い。小銀杏髷《こいちようまげ》の下の情けなさそうな太い八文字眉とちぐはぐなひと重の目、つんと澄ました鼻先と紅《べに》を塗ったような小さな唇は、どれがということはないけれど、どれもこれもが不釣り合いな不景気面《づら》である。

深川から本所浅草《ほんじよあさくさ》あたりの地廻りやくざらの間で、《鬼しぶ》の綽名《あだな》でとおっている。鬼の渋井だからではなく、盛り場のその筋の顔利きや親分と呼ばれる貸元らが、

「あの不景気面を見ていると、闇の鬼もしぶ面になるぜ」

と嫌われているのが、いつの間にか鬼しぶの綽名になった。

だが、顔利きだろうが親分と呼ばれる貸元だろうが、嫌われてなんぼの町方じゃねえか、と渋井は一向に気にしていない。むしろ、鬼しぶの綽名を気に入って

いるぐらいである。

渋井の後ろに、六尺（約百八十センチ）はありそうなひょろりと背の高い助弥が、背中を丸めひょいひょいと従っている。

助弥が渋井の手先についたのは、二十をひとつすぎた歳の、もう十年以上も前である。その後ろのこれはやや小柄で色の浅黒い下っ引の蓮蔵は、深川の悪餓鬼《わるがき》のころから助弥の弟分だった。

助弥の御用が暇《ひま》なときは、門前仲町《もんぜんなかちょう》の御料理仕出しの店の岡持ちや、深川芸者の馴染《なじ》み客へ付文《つけぶみ》を届けたりなどの小遣い稼ぎをやっている。むろん、芸者の付文を届ける相手は何人もいるし、ときには柄の悪い客相手の、溜《たま》ったつけの集金を頼まれたりもする。

三人は喜楽亭まできて、縄暖簾を分け、表の腰高《こしだか》障子を引いた。

喜楽亭は、北隣の西永代《にしえいたい》町の干鰯《ほしか》市場で働く人足や勤め人の客が多い。狭い店土間に醤油《しょうゆ》の大樽《おおだる》に長板をわたし、腰掛代わりの小樽を周りに並べた卓が二台あって、客が十二、三人も入れば満席になる一膳飯屋をかねた酒亭である。

外は昼間の明るみが少し残っているが、天井の吊り行灯《あんどん》と壁の掛行灯には、もう火が入れてある。

冬の夕暮れが、界隈《かいわい》に駆け足でやってくる。

痩せ犬の《居候《いそうろう》》が、狭い店土間を小走りに駆けてきて出迎え、いらっしゃいやし、と渋井へ愛想《あいそ》よく小さく吠えた。威勢《いせい》よく吠えると、喜楽亭の亭主に、

「お客に吠えるでねえ」と叱《しか》られる。

はや先客が二人いて、卓のひとつで徳利《とつくり》を傾けていた。

渋井は居候の頭を軽くなで、先客の二人へ、「おう」と会釈《えしやく》を投げた。

それから、店土間と調理場の仕きり棚の出入口から顔を出した亭主へ、鬼しぶの不景気面をゆるめた。

「おやじ、今日はあったけえな」

「ああ、あったけえな」

小さな髷を結った胡麻塩《ごましお》頭に向こう鉢巻きを締めた亭主は、ぼそりといつもの愛想のなさでかえし、すぐに調理場へ消えた。

「昨日はこの冬一番の木枯らしだったのによ」

と、先客の二人へ続けながら腰の大刀をはずし、先客と卓を挟んだ醤油樽の腰掛にかけた。

先客のひとりは、京橋《きようばし》北の柳町《やなぎ》で診療所を営《いとな》む蘭医《らんい》の柳井《やない》宗秀《そうしゆう》である。

渋井と同い年の四十一歳。日焼けした顔に総髪の一文字髷だが、総髪は白髪《しらが》がまじって少し薄くなっていた。痩せた背中も丸くなり、歳より老けて見えた。

宗秀は、多くの患者の診療と往診に明け暮れる日々の中で、自分の様子や身の廻りのことなど気にかけている暇はなかった。ただ、一日が暮れて喜楽亭で呑む一杯の酒に機嫌のよい笑顔を絶やさず、

「今日は往診に歩き廻って汗をかいた。冬とは思えぬ陽気だ」

と、深みと軽みのない交ぜになったゆるやかな声を渋井にかえした。

宗秀の隣にすわるもうひとりの先客は、黒髪をひっつめた総髪に一文字髷を乗せ、広い額の下の奥二重の強い眼差しを、眉尻のさがった濃い目のすっとした眉でなだめつつ、渋井へさらさらした笑みを投げている。

ひと筋の鼻筋とやわらかく曲げた唇の隙間から、ちらりと白い歯が見えた。

顎の線は少々骨張っているが、長い首や日焼けはしていても色白を隠せない風貌は、誰もがちょっとふりかえり、笑いかけたくなる。

当人はそんな自分には気づいておらず、投げた笑みはさり気ない。

「渋井さん、燗酒《かんざけ》ですが一杯いきましょう」

と、その先客・唐木市兵衛《からきいちべえ》が、徳利を持ちあげて渋井を誘った。

「そうかい。先生も市兵衛も、燗酒にしたかい。やっぱり冬は燗酒が似合うからな。おやじ、ぬるめの燗にしてくれ。それから、ぐい飲みを先に頼む」

渋井が調理場へ声をかけた。亭主がぐい飲みや箸《はし》、肴の漬物《つけもの》の皿や煮《に》つけの鉢などを運んでくると、

「助弥と蓮蔵も、まずは呑め」

と、宗秀が渋井の隣に腰かけた助弥と蓮蔵へ徳利を差した。二人は「こりゃどうも」「畏れ入ります」と宗秀の酌を受けた。

渋井の傍らに坐った居候は、ぱた、ぱた、と尻尾で土間を叩いている。

「蓮蔵とは久しぶりだな」

宗秀が、蓮蔵のぐい飲みにほのかな湯気のたつ酒をつぎながら言った。

「えへ、さいですね」

蓮蔵は、薄《うっす》らと無精髭の生えた口元をゆるめて白い歯を見せた。くい、とぐい飲みをあおり、決まり悪げに太り肉《じし》の丸い肩をすぼめた。

「今日は渋井の旦那のお供かい」

「ですよね」

と、そのような、そうでもないようにこたえた。

「蓮蔵、珍しいな。ちょっと浮かぬ顔をしているぞ」

市兵衛が蓮蔵のぐい飲みへ、続けて徳利を傾けて言った。

「さいですか。浮かぬ顔をしてますかね」

蓮蔵は無精髭の生えた骨張った顎と頬をさすった。

「なあに。別におれの供というわけでもねえんだ。じつは半分は、蓮蔵のほうに野暮用があって、ここへ連れてきたのさ。浮かぬ顔はその野暮用のせいさ」

渋井が濡れた唇を指でぬぐった。すると助弥が、

「いえね、市兵衛さん。こいつがね、妙なことを言ってきやがったんです」

と、蓮蔵へ横目のにやにや顔を流した。

亭主が、二本の二合徳利と炙《あぶ》った浅草海苔《のり》を運んできた。七輪《しちりん》でさっと炙ったぱりぱりの浅草海苔が、渋井の好物である。

「きたきた。おい蓮蔵、先生と市兵衛に酌をしねえか」

渋井は浅草海苔を小気味よく早速鳴らしながら言った。蓮蔵は、「へい、先生」と宗秀のぐい飲みに徳利を傾け、次に市兵衛へ差しつつ、

「市兵衛さん、よろしく、お願《ねげ》えいたします」

と、ぬる燗の湯気をのぼらせた。

「おや、早速よろしくお願いしますとは、蓮蔵の野暮用はどうやら市兵衛にありそうだな」

「そりゃそうさ。蓮蔵がおらんだに用があるとすりゃあ、女郎からもらったせつない病気の用しかねえからな」

けけけ……

渋井に合わせ、助弥と蓮蔵と、徳利を運んできた亭主の四人がけたたましい笑い声を店土間にはじけさせた。居候が渋井の傍らでびっくりして吠えた。

渋井は宗秀を《先生》と呼ぶが、宗秀に文句があるときや酔っ払ったときは、気まぐれに《おらんだ》と呼んだりする。

「先生、お気遣いなく。ひっひっ、そっちの用じゃありません。ひっひっ」

蓮蔵が、おかしくて堪《たま》らぬふうに言ったので、

「わかっているよ」

と、宗秀は苦笑を投げた。

「おやじ、今夜はおれのおごりだからよ。先生と市兵衛に、何か美味《うめ》え物を出してやってくれねえか。何ができる」

「そうだな。今日は平目《ひらめ》が入ったから、平目の刺身はどうだ」

「平目の刺身かい。いいね。しこしこした歯触りにさっぱりした味わいが堪らねえ。平目はこれからが美味えんだ。大皿にぱっと盛って、おろし山葵《わさび》を載せてちょんと醤油につけてさ」

「大皿に盛るほど大きくはねえが、山葵はたっぷりつけてやるよ」

「決まった。そいつを頼む。先生、市兵衛、今夜は遠慮なくやってくれ」

居候が、お刺身一丁、と言うかのように吠えた。

「そうか。今日は鬼しぶの旦那のおごりか」

と、宗秀も気まぐれに、《渋井》ではなく《鬼しぶ》と言ったりする。

「ということは、蓮蔵の野暮用が平目の刺身になったのだな。ならば蓮蔵、わたしも市兵衛の相伴に喜んで与って、どんな野暮用か聞かせてもらおうか」

宗秀が面白がって蓮蔵をせっついた。

「いえね……」

蓮蔵は、浮かぬのと照れ臭いのが半分ずつの顔つきをかしげ、月代の薄くのびた頭をかいた。

「そういうわけでさ、市兵衛、蓮蔵に手を貸してやってくれねえかい。本来ならおれがやってやらなきゃならねえところだが、じつはこっちの立場上、おれが乗り出すわけにはいかねえんだ」

渋井は、帯に差した十手《じって》の朱房《しゅぶさ》をひらひらさせ、唇をへの字の渋面にした。

「そうなんだ。十手を持つ立場上、できないのですね」

「そうなんだ。と言って、悪事を犯すわけじゃねえよ。人のためになることなんだが、その人ってえのが、どうもな……」

「いいでしょう。蓮蔵に手を貸すのはかまいません。ただし、何がそういうわけかわかりませんので、何ができるかはわかりませんがね」

「そりゃそうだ。わけを知らねえで何ができるか、わかるわけがねえ。蓮蔵、ぐずぐずしねえで、早くわけを話せ。悩むことはねえ。市兵衛なら間違《まちげ》えなく上手くやってくれるから」

宗秀が、ぷふっ、と噴いた。

渋井はせっかちだが、少々粗忽《そこつ》なところがある。それが渋井の妙な愛嬌《あいきょう》になっており、盛り場の顔利きや親分衆に嫌われながら、一方で「鬼しぶを町方にしておくのは惜しい」と言う親分衆もいる。存外、人気がある。

蓮蔵は渋井の粗忽なせっつきに、まごついた。

「そうなんです。市兵衛さんの手を貸していただきてえんです。じつはね、ええっと、何から話しゃあいいんですかね、兄き」

「じれってえな。《麦飯《むぎめし》》の店頭に頼まれたんだろう。それを話しゃあいいんだよ」

「そうそう。市兵衛さん、その麦飯です。岡場所の麦飯を知っていますか」

「赤坂田町《あかさかたまち》の麦飯か」

市兵衛がこたえる前に、宗秀がくちばしを挟んだ。

「おや、先生、赤坂田町の麦飯を知ってるんですか。あそこはみな局見世ばかりだが、情の深い女郎衆がいるんですよ。おかめって女と馴染みになりやしてね。この女が、またきてねって、あっしを放さねえんでさあ。先生も麦飯へよくいくんですか。往診だとかなんとか言って……」

「馬鹿野郎。おめえの馴染みの話じゃねえだろう」

助弥が蓮蔵の額を指先で突《つつ》いた。

「あはは、遊びにいったんじゃない。往診にいったんだ。郷助《ごうすけ》という麦飯の店頭が漢方で言う霍乱《かくらん》を起こしてな。具合が治まらないので、家の者が心配して往診を頼んできたのだ。それで往診に出かけたことがある」

「なんだ。往診だけですか。そいつは惜しいことをしましたね。麦飯の女郎衆は江戸じゃあ中ぐらいで、一切二百文の局見世にしては悪くねえんです。表と裏に五軒ずつの十軒。門口に丸提灯をさげ、見世の正面に長暖簾をおろし……」

「その話は関係ねえだろう。麦飯の店頭の郷助だろう。郷助がおめえに何を頼んだんだい。それを市兵衛さんに話すんだよ」

「けど、郷助は霍乱を起こしたんじゃあ……」

「とんちき。霍乱はずっと前の話だ。治ったから、おめえは昨日、郷助と会ったんじゃねえか。ねえ、先生」

「ふむ。霍乱は治まった。夏のことだ」

「ほら、見ろ。わかったかい」

「あ、そうか。わかりました。じゃあ市兵衛さん、店頭の郷助はご存じですね」

「郷助を知っているのは、わたしではなく宗秀先生だ」

「やっぱり、市兵衛さんは知らねえんだ。じゃあ、あっしの馴染みのおかめのことも知りませんね」

市兵衛と宗秀と渋井の三人が笑い、助弥はじれて、

「だから、おかめの話はいいから先に進めって」

と、また蓮蔵の額を小突いた。

「今から言うところですよ。で、昨日のことなんです。あっしが麦飯へいきますとね、郷助の手下の若い者に、親分がちょいと用があるから顔を出してくれと呼ばれたんです。じつは、麦飯にはだいぶつけが溜っておりますもんで、きっと、つけの催促だろう、しょうがねえな、払えねえものは払えねえと言うしかねえ、と思って顔を出しますと、そうじゃなかったんです」

「払う金もないのに、おかめに会うために麦飯にいったんだな」

宗秀が訊いた。

「だって、おかめはあっしに惚れて、またきてね、といつも言うんです。向こうがそう言うんだから、いってやらなきゃあ可哀想《かわいそう》じゃねえですか」

「そりゃあ、いってやらねば可哀想だ」

宗秀は言ったが、助弥は蓮蔵を睨んでいる。蓮蔵は苦笑いをして、

「おかめのことはいいんです。郷助のことですよねえ」

と、助弥へ念を押すように言った。

「郷助の言うには、麦飯の女が三人ばかり足抜けをしやがった、三人とも年季は終わっているが、麦飯の中では一、二を競う稼ぎの女らで、郷助はこれまでずいぶん面倒を見てきたし、稼げるようになれたのは誰のお陰と思っていやがる、な

のに、その恩を忘れて、借金が済んでいるからと言って、そんな身勝手な真似をするのはいくら女郎でも義理が悪いんじゃねえか、世間の道理にはずれているんじゃねえかとです」

「店頭に受けた恩ね。まあ、いいだろう。足抜けをした三人の女は、年季が明けて親元へでも帰ったのかね」

宗秀が言った。

「女郎をやめるんならまだいいんです。仕方がねえと、諦《あきら》めもつくでしょう。ところが、そうじゃねえんです。女らは麦飯を足抜けして、麻布の宮村町にある藪下という岡場所の見世に出ているらしいんです。冗談じゃねえ、そんな人の顔に泥を塗るような真似をされちゃあ、こっちも麦飯を預かる店頭の面目が施《ほどこ》せねえと、郷助はひどく立腹しておりました」

「藪下の方が稼げるから、女たちは見世を替えたのだな」

「ところが、事情はもうちょいとこみ入っているんです。郷助によれば、足抜けは女たちの考えじゃなく、藪下の店頭が女たちをそそのかし、足抜けするように仕向けやがった、藪下の店頭の差金《さしがね》に違いねえと言うんです」

「藪下の店頭の差金？　確かなのか」

「女たちから直《じか》に聞いたから、間違いねえそうです。文句があるなら店頭と見世のご主人に言ってくだせい、こっちは少しでも割がよく稼げる見世があればいいんですと、女たちは言ったそうです」

「なら、仕方がないではないか。借金のない女たちがどの見世で稼ごうと、女たちの勝手だろう」

「先生はいいお人柄だから簡単に仰《おつしや》いますがね。世間ってえのは、そう簡単に割りきれるもんじゃねえんです。岡場所には岡場所同士の縄張りや掟、道理、仁義があって、よその岡場所の縄張りを荒らしたり手を出したら、相応の落とし前をつけなきゃならねえ。落とし前をつけられねえ唐変木《とうへんぼく》なら、腕ずくでつけさせるしかねえ。事によっちゃあ、岡場所同士の喧嘩《けんか》になり死人だって出かねねえ。中でも、女郎衆は岡場所の玉なんです。玉を足抜けさせられたんじゃあ、そりゃあ黙っちゃいられません。表店の商いだってそうでしょう。てめえの売り物をよその店に持っていかれちゃあ商いにならねえ。それと同じことですよ」

「ううむ。少し違うが、似ていなくもない」

「郷助は藪下の店頭に、落とし前をつけろと、かけ合っているのだろう」

と、市兵衛がそこで口を出した。

「ところがどっこい、藪下の店頭が強気なんでさあ。女をかえしてほしけりゃあ腕ずくでとりにこい、いつでも相手になってやると、あの店頭、あっしも知ってますが、妙に気の荒い女なんです」

「藪下の店頭は、女なのか」

「へい。お京《きょう》という年増です。二年前、店頭だった亭主の彦蔵《ひこぞう》を亡くしてから、女だてらにてめえが店頭を引き受け、藪下を仕きっております。背中に桜吹雪の彫物を入れましてね。鉄火な女親分を気どっております。まだ三十代の半ばにならねえ滅法《めっぽう》色っぽい女で、元は藪下の店頭の権太《ごんた》の娘です。権太の一の子分が彦蔵だった。で、彦蔵がお京の亭主に納まって店頭を任せられたが、それが亡くなっちまった。お京より年下なんですがね。お京のお色気たっぷりな夜のお勤めに、彦蔵の身が保《も》たなかったってえ、もっぱらの噂です」

みなが顔を見合わせ、噴き出した。

「背中に桜吹雪の彫物をね……郷助はお京と事をかまえる気なのか」

「郷助は、そこまで事を荒らげたくねえんです。お京と事をかまえて刃物三昧《ざんまい》になった日にゃあ、御番所に目をつけられて、どんな咎めを受けるかわかりゃしねえ。それじゃあ、落とし前をつけるどころか藪蛇《やぶへび》だ。ここはかけ合いでお京に道理をわからせ、女どもを戻せばこれまでの経緯《いきさつ》は忘れてやると言うんです。と口では言いながら、じつはですね」

蓮蔵は冷えたぐい飲みをひと息にあおり、ほらよ、と助弥がついだ。

「郷助が手下らを五、六人引き連れて藪下に乗りこんだことがあるんです。お京の出方によっちゃあ、無理やりにでも女を連れ戻すつもりだった。そしたら、妙な二本差しが出てきましてね。そいつが剣術しか能のねえ唐変木な用心棒で、郷助が道理を言って聞かせてもお京の言うことしか聞かず、叩っ斬るぞ、といきなり刀をふり廻して、あぶなくってしょうがねえ。女を連れ戻すどころか、かけ合いにもならなかったそうで。お京の強気は、どうやら、その用心棒を雇っているからだと、郷助は言っておりました」

「用心棒は何人だ」

「唐変木がひとりです」

「ひとりなのか。五、六人も手下がいて、たったひとりにかなわなかったのか。そうか、用心棒を市兵衛に退治してほしいのだな。面白そうだ」

宗秀がからかうと、渋井は苦笑いを浮かべて言った。

「おらんだ、まぜかえすんじゃねえよ。藪下のお京が用心棒を前にたてて かけ合いに応じねえ。このままじゃあ腕ずくの喧嘩になりかねねえ。だが、喧嘩は藪蛇になる。そうならねえように間に人をたてて事を収めようと、郷助は考えた。で、町方のおれが間に入ればお京だってかけ合いに応じるに違いねえ。だから蓮蔵に、おれに頼んでくれと、話を持ちかけてきたわけさ」

「郷助のやつ、旦那に間に入るように頼んでくれたら、あっしのこれまでのつけはなしにしてやる。けど、それができねえならつけをすぐ払えと、足下を見て脅しやがったんです。郷助のやつ、とんでもねえ野郎ですよ」

「あはは、足下を見られたかい。いくら足下を見られても、払えないものは払えないから、蓮蔵はおかめに会いにいけなくなる。おかめも寂しいことだろう。蓮蔵とおかめのために、鬼しぶの旦那が乗り出すしかないぞ」

「しかし、麦飯も藪下も表向きはお上のご禁制の岡場所だ。これでもおれはお上の御用を務める町方だから、立場上、乗り出すわけにはいかねえというのはそこさ。岡場所のごたごたを収めるかけ合いに、町方が入るってえのはやっぱりまずい。そこで、市兵衛にひと肌脱いでやってほしいのさ。むろん、ただじゃねえ。郷助はきっちり礼をすると言ってる。そうだな、蓮蔵」

「へい。郷助はきっちり礼をすると言っておりました」

「蓮蔵のためですから引き受けるのはかまいませんが、そういう仕事はやったことがありません。郷助とお京は、わたしの仲裁など受け入れるでしょうか。それに、藪下の腕利きの用心棒もやっかいそうだし。どういうふうに話をもっていけばいいんですか」

「なあに、お京の言い分を聞いてやって、郷助の言い分との中ほどに収めてやりゃあいいのさ。双方とも表向きは強気を装《よそお》っているが、ほどほどのところで事を収めてえ、というのが本心だ。それを自分のほうからはきり出せねえ。誰かのちょいとしたあと押しが要るんだ。ちょいとあと押しをしてやるのが、仲裁さ。市兵衛の知恵と腕がありゃあ、大丈夫。おれの名前を出してもかまわねえ。お、きたきた。平目の刺身がきたぜ」

亭主が、綺麗な白い身をたっぷりときり並べ、口なおしと毒消しのつまを添えた刺身の平皿を運んできた。

「おやじ、美味そうだな」

宗秀が平皿をおいた亭主を見あげると、

「この時季の、なかなか活きがいい平目だ。刺身包丁に手ごたえがあった」

亭主が顔をほころばせた。

「さあ、市兵衛。どんどん食って、どんどん呑め」

「市兵衛さん、よろしくお願えします」

蓮蔵が、市兵衛の機嫌をとるかのように徳利を差した。

蓮蔵の酌を受けながら、しかし市兵衛は当惑していた。

渋井と宗秀と助弥が、にやにやして市兵衛を見守っている。ふうむ、とうなった。渋井の傍らの居候が、当惑する市兵衛を、小首をかしげて見あげていた。

二

翌日、市兵衛は蓮蔵の案内で、六本木通りを南へ折れ、土留の段々になった鳥居坂をくだった。くら闇坂《やみざか》の手前を宮下町《みやした》の横町《よこちょう》へとり、横町からひとつ、二つ折れたあたりから町内一円が藪下と呼ばれる麻布の宮村町である。

宮村町から本村町へ抜ける往来は、閑静《かんせい》な寺町でもある。

「あそこです」

蓮蔵が市兵衛へ見かえり、往来を路地へ折れる木戸口を、ちょんちょん、と指差した。藪下は増上寺《ぞうじょうじ》隠居屋敷の裏手にあたり、冬枯れの樹林の下に茅葺《かやぶき》屋根の町家がひっそりと軒を並べていた。

市兵衛は菅笠をあげ、蓮蔵へ頷いた。

少々古びてはいても、折り目正しく火熨斗《ひのし》をかけた紺羽織と小倉の縞袴に黒鞘の両刀を帯び、白足袋に麻裏つきの草履を着けた扮装に拵えている。軽快な歩みが、堅苦しくも寒々しくもなく、晴れた空に似合っていた。

蓮蔵はそんな市兵衛を見かえって、ちょっと惚れぼれした。市兵衛さんに任せりゃあ大丈夫だ、とそう思えるから不思議である。

朝の刻限の、冬の肌寒さがだんだん高くなる日射しで、だいぶやわらいできたところだった。

蓮蔵は着物を尻端《しりつぱ》折《しよ》りに、茶色い布子の半纏《はんてん》を羽織った小太りの身体を、毬《まり》のようにはずませて雪駄を鳴らして木戸口をくぐった。

狭い路地の両側に、軒の低い二階家の見世がつらなっていた。ただ、どの見世も二階に窓がなく板壁にふさがれていた。間口の狭い表戸に長暖簾がさがり、桔《き》梗屋《きようや》とか橘屋《たちばなや》とかの屋号が染め抜かれているのが読めた。

その間を、くすんだどぶ板が路地奥へのびている。

「明かりとりの窓は、裏のほうについているんですよ」

と、藪下にくる前に寄った赤坂田町の麦飯の路地で、蓮蔵が言っていた。藪下の路地も似た光景である。どちらも一切二百文、泊りが二朱《しゅ》の局見世の岡場所である。ただ、場所柄、藪下は界隈の武家屋敷に奉公する侍の客が多く、麦飯は赤坂伝馬《てんま》町の馬喰《ばくろう》や馬子《まご》らが客に多かった。

「藪下はうちと比べりゃあ、女の風俗やら品やら、どれも格は落ちるのに、お京の女《あま》っ子は、藪下はお武家御用達《ごようたし》と吹聴《ふいちょう》して、うちより格が高《たけ》えみてえに自慢していやがるのが気に入らねえ」

麦飯の店頭の郷助は言っていた。

「あんな場末の岡場所なんぞ相手にならねえが、だからと言って、このままにしておいちゃあしめしがつかねえ。仁義を守ってけじめをつけろ。あっしがお京に言うのは、それなんでさあ」

郷助は余裕のあるふうを装いつつ、相当の憤懣《ふんまん》を市兵衛にぶつけた。

「お京は、腕っ節だけが強《つえ》えどこの馬の骨とも知れねえ浪人を用心棒に雇っておりやす。そいつがついているもんだから、妙に図に乗りやがって。こっちがいつまでも下手に出ていては、埒《らち》が明きやせん。ここはひとつ、びしっとよろしくお願えしやす」

麦飯から藪下まで、半刻たらずの道程だった。

藪下の路地の途中に井戸があり、派手な長襦袢《じゅばん》に半纏をまとった四、五人の女が襦袢の裾をたくしあげて、賑やかに喋《しゃべ》くりながら洗濯をしていた。

木戸わきには、見張り番の小屋がなかった。険しい顔つきで路地を見張っている若い者の姿もないためか、井戸端で喋くる女たちの様子はのどかに見えた。

朝飯を済ませ、昼見世が始まるまでの一刻半（約三時間）ほどが、女の自由になる刻限なのである。風呂に入ったり、朝寝をしたり、洗濯や縫い物など、自分自身の身の廻りの用をたす。

昼が近づくと、新たに化粧をして昼見世の支度にかかる。

葉をだいぶ枯らした欅《けやき》が、井戸の板屋根を覆って枝をのばしていた。路地に嫖《ひょう》客《かく》の姿はなく、屋根の影と午前の陽が落ちているばかりである。

女たちは、蓮蔵が雪駄をどぶ板に鳴らし、その後ろに菅笠をかぶった五尺七、八寸（約百七十四センチ）の痩軀をすっと運んだ市兵衛に気づき、いっせいに喋くりを止めて訝《いぶか》しげな目を向けてきた。

「姐《ねえ》さん、こちらの店頭のお京さんの店はどちらで」

蓮蔵が井戸端の女たちへ声をかけた。

「そこだよ」

女のひとりが木戸口に近い店を指差した。その店に暖簾はさがっておらず、両開きの腰高障子が、しんと閉じられている。蓮蔵は女に礼を言い、表戸の前へ雪駄の音をはずませた。腰高障子を両開きに少し開けると、薄暗い中に土間続きの部屋の腰障子が閉じられているのが見えた。

「ご免なさい。お邪魔いたします。こちらは店頭のお京さんのお店とうかがい、お訪ねいたしました。ご免なさい。どなたか……」

「へい、ただ今」

男の返事がかえってきた。とんとん、と足音が近づいてきて、腰障子が両開きに開けられた。着流しに半纏の男が上がり端に片膝づきになり、表戸の蓮蔵と後ろの市兵衛に眼差しを寄こした。

「おいでなさいやし。お名前とお訊《たず》ねのご用件をおうかがい、いたしやす」

「失礼いたします」

小腰をかがめて土間に入った蓮蔵のあとに市兵衛は続き、菅笠をとった。

「深川の蓮蔵と申します。店頭のお京さんにお伝え願います」

蓮蔵は用件を述べた。男は蓮蔵の用件を眉ひとつ動かさずに聞き終えると、

「ご用件は承りやした。姐さんに伝えやすので、少々お待ちを」

と、蓮蔵と市兵衛を狭い表土間に残し、素っ気なく奥へ消えた。

蓮蔵と市兵衛は、だいぶ待たされた。

やがて、奥のほうが騒がしくなって、祭半纏や革半纏の四人の男らを左右と後ろに従え、お京らしき女が土間続きの部屋に姿を見せた。

お京は、蓮蔵が言っていたように、脂粉の艶めいた香りが土間の市兵衛にも嗅《か》げるほどの、くずし島田《しまだ》の下に厚化粧の年増だった。

肉づきのいい大柄な身体に、江戸紫《えどむらさき》の無紋の小袖と後ろ結びに締めた今様の幅広帯が似合っていた。裾を畳に引きずり割れた衽《おくみ》の下に、朱色の蹴出しと爪紅を塗った素足がのぞいていた。背中の桜吹雪が似合いそうだ、と思われた。

三十代半ばよりは、だいぶ若作りに見えた。

お京と男たちは、愛想のない冷ややかな様子で佇み、値踏みをするかのように蓮蔵と後ろの市兵衛を見比べた。

「おまえさんたちかい。麦飯の郷助に頼まれてきたんだね」

お京は案外にしっとりとした口調で言った。

「これはお京さんでございますか。改めまして、蓮蔵と申します。ご挨拶をさせていただくのは初めてですが、以前、この界隈で何度か遊ばせてもらったことがあり、藪下の美人店頭と評判の高いお京さんをお見かけしたことはございます。えへへ……」

と、蓮蔵が腰をかがめ、愛想笑いを投げた。

「あら、蓮蔵さんは藪下のお客さんだったんですか。それはそれは。で、そちらのお侍さんは？」

お京は市兵衛へ、潤《うる》んだ目を向けなおした。市兵衛は半歩進めて蓮蔵に並びかけ、ゆるやかに辞宜をした。

「唐木市兵衛と申します。麦飯の店頭の郷助さんの依頼により、藪下の店頭をお務めのお京さんにお会いいたすため、おうかがいいたしました」

「どちらの、唐木市兵衛さんですか。あっしら、見ず知らずのお方にいきなり訪ねてこられても、戸惑うだけですのでね」

お京の隣の、革半纏の男が棘《とげ》のある口調で言った。

「ごもっともです。斯《か》く斯《しかじか》く云々と名乗るほどの身分の者ではありません。算盤《そろばん》を少々心得ており、主に武家の用人《ようにん》勤めを生業《なりわい》にしております」

「お武家の用人勤め？　なんですか、それは」

「はい。武家の台所勘定の始末をつける役目です。平たく申せば、武家の暮らし向きの、入金や支払いのやり繰り勘定を請け負っております。渡《わた》り用人と呼ばれております」

「ああ、渡り用人ですか。聞いたことはありますよ。何をやっているのかは、知りませんがね」

男はどうでもよさそうに言った。

「蓮蔵さん、あんたもその渡り用人なのかい？」

お京は市兵衛から目を離さず、しっとりと言った。蓮蔵は小太りの身体をすくめ、照れ笑いを浮かべた。

「あっしは算盤のその字の心得もありません。数を勘定していると、眠くなるか頭がこんがらがって痛くなるだけです。ですが、こちらの市兵衛さんは上方《かみがた》の商人に弟子入りして算盤を習い、本場の商いの修業を積んだ方です」

「上方の商人に弟子入り？　なら二本を差していても、唐木さんはお侍じゃなくて、商人なのかい？」

「いえいえ、そうじゃありません。市兵衛さんは、奈良《なら》の興福寺《こうふくじ》という大そうなお寺で剣術の稽古をし、武芸にも勝れた正真正銘のお侍さんです。ただ、今ごろは剣術使いよりも算盤使いのほうが暮らし向きには役にたちますので、算盤使いの用人の仕事を請け負っていらっしゃるだけです。ねえ、市兵衛さん」

「ふむ。まあ……」

「剣術使いと算盤使いの、二刀流ってわけですかい」

革半纏の男が言うと、お京の周りの男たちが鼻先で笑った。しかしお京は、少し科《しな》を作って市兵衛へ斜になった。

「そのお武家の渡り用人勤めの唐木さんが、どこのお武家となんのかかわりがあって、お武家とはなんのかかわりもない郷助に何を頼まれ、あっしを訪ねて見えたんですかね?」

お京はねばついた色気に、下手《へた》に触れるとけがをしそうな毒気を含ませて言った。

市兵衛はお京へにこやかに頷きかけた。

「あり体を申しますと、武家の用人勤めとかかわりはありません。じつは、この蓮蔵は、わたしと多少所縁のあるさる町方の手先を務めておる者です。麦飯の郷助が、蓮蔵にこのたびの頼み事を持ちかけ、蓮蔵が町方の旦那に相談いたしました。旦那は、ご禁制の岡場所を杓子定規《しやくしじようぎ》にとり締まる気はないが、だからと言って、岡場所の店頭の頼み事を町方が引き受けるというのも都合が悪い、そこで用人という仕事柄、武家の台所のやり繰りのほかにも、商人とのかけ合いなどに慣れておりますわたしならば、このたびの頼み事を請けられるだろうと、町方より話が廻ってきたのです」

「へえ、町方ね。町方って、誰なんですか」

「はい。北町奉行所の定町廻り方・渋井鬼三次という町方です」

「金松《かねまつ》、知っているかい」

お京は革半纏の男のほうに向いた。すると、

「あ、北町の渋井は知っておりやす」

と、反対側の祭半纏の男がお京に言った。

「深川と本所、浅草のほうの廻り方で、あそこら辺の親分衆から、鬼しぶって呼ばれている町方ですぜ。兄き、聞いたことがあるでしょう。ほら、あいつがくると鬼も渋面になるから鬼しぶですよ。こっちのほうに廻ってくることは、滅多にありやせんが」

「浅草の車埼《くるまざき》の親分さんが言ってた腐れの鬼しぶか。そうか。思い出したぜ。蓮蔵さん、あんた、うちの柊屋《ひいらぎや》でただで遊んでいった人だね。確か半年ばかり

前だった。町方の御用を務めているもんだと柊屋の亭主に吹聴して、呑み食いの代金と泊りの二朱をただにさせ、帰りには小遣いまでせしめていった」

「よしてくださいよ、兄さん。あれは、あっしが敵の女に町方の旦那の御用を務めていると何気なく話したら、それを聞きつけた柊屋のご主人が気を廻し、あっしは断ったんだが、お代のことは気にせず遊んでいってくれと勧められ、ご主人のご厚意を無にするのもなんだなと思い、一度ぐらいならいいかと、甘えさせてもらっただけですよ。あれから二度ばかし柊屋さんへあがりましたが、そのときは、おつとめの二百文を敵にわたしています。女の名はおしかです。おしかご主人に訊いてもらえばわかりますから」

蓮蔵が革半纏の金松に言った。金松は腕を組み、蓮蔵を睨んだ。お京が島田に挿《さ》した笄《こうがい》を指先につまみ、頭をかきながら言った。

「へえ。蓮蔵さんは渋井って町方の御用を務めているのかい」

そして、市兵衛へしっとりとした眼差しを流した。

「唐木さんはその腐れの町方が後ろ盾だから、郷助の言い分を呑まねえと承知しねえぞ、とあっしらに指図しにきたってわけですね」

「渋井さんの代人として、お京さんに指図をしにきたのではありません。渋井さんから話が廻ってきて郷助の依頼を請け負ったのは、郷助とお京さんの間に入って相対のかけ合いをとり持つためです。それでよいのであれば請け負うと郷助に伝え、任せると郷助が言いましたので、おうかがいいたしました。郷助の言い分をお伝えし、お京さんの言い分を郷助に伝え、そのうえで……」

「今さら、冗談じゃねえぜ」

　祭半纏の男が苛だたしげに言った。

「いいよ。郷助の言い分なんぞ、聞かずともわかっちゃいるけどさ」

　お京が祭半纏を止めた。

「唐木さん、腐れの町方が後ろ盾なんでござんしょ。なら、仕方がありませんね。聞こうじゃありませんか」

「けっこうです。その前に申しておきます。渋井さんは腐れではありません。さばけたところがあって、それが腐れと悪口を言われることもあります。ですが、性根は苦しんだり悲しんだり、困っている人に味方する町方です。渋井さんを、鬼も渋面になると言う顔利きや親分ばかりではなく、渋井さんの性根を買う顔利きや親分も大勢います。お京さんも、理不尽な目に遭って悩んでいることがあったら、渋井さんに相談なさるといい。きっと、力になってくれます」

「よく言うぜ。何もわかっちゃいねえな。町方はどいつもこいつも、大店から袖の下をとって懐を肥やしているんじゃねえか。そうだろう、蓮蔵さん。あんたら岡っ引や下っ引は、小店や裏店のあっしらから小遣いをせしめて、ずいぶんとうまい汁を吸っているんじゃねえのかい」

「あ、いや、それはだな……」

祭半纏に言われ、蓮蔵は口ごもった。

「およし。蓮蔵さんを困らせてもしょうがないよ。いいから唐木さん、郷助の言い分を聞かせてくださいな」

市兵衛は頷いた。

「郷助が申しますには、ただ今藪下の見世で稼いでいる、おみね、おそよ、おひなは、前は麦飯の見世で稼いでいた者で、三人は抱主《かかえぬし》が許さぬのを承知で見世から足を抜き、こちらに見世を替えた。抱主のいる身でそんな勝手な真似は許されず、また、女たちに足抜けをそそのかし見世を無理やり替えさせた藪下の店頭《そこ》と抱主は、遊里の縄張りを侵し、元の抱主と本人が相対で交わした請状《うけじょう》を損ねたも同然であり、断じて見逃すわけにはいかない。よって、勝手に足抜けした三人を即刻、麦飯の元の抱主に戻し、そのうえでしかるべき請人《うけにん》をたて、これまで世話になった抱主に礼を尽くし、双方納得いく落としどころに折り合い、事を収めようというものです」

「だから何もわかっちゃいねえと言うんだよ。誰が女たちに足抜けをそそのかした。誰が抱主を無理やり替えさせた。縄張りを侵し相対で交わした請状を損ねただと。笑わせやがる。自分勝手な言い分を吐き散らし、勝手な真似をやっているのは郷助じゃねえか」

　祭半纏が息巻いた。

「今は郷助の言い分をお伝えしたのです。次にお京さんの言い分をうかがって、郷助に伝えます。それからかけ合いが始まるのです」

「あんたが何もわかっちゃいねえと言うのはな、姐さんが申し入れたかけ合いを断ったのは郷助のほうなんだってことさ。仲裁を本気で請け負う気なら、本当の事情をちゃんと聞いてこなきゃあ。町方が後ろ盾だからって、筋の通らねえ話の筋が通るわけじゃねえんだぜ」

　金松が腕組みを解いて、市兵衛へ諭《さと》すように手をかざした。言葉つきが少し荒くなっていた。お京は笄を島田に挿しなおして言った。

「いい気なもんですね。ご禁制の岡場所だから自分には町方の障《さわ》りがあって乗り出すわけにはいかない。けど、店頭の郷助は助けてやりたいんですね。それのどこが、苦しんだり悲しんだり困っている人に味方する町方でござんすか。岡場所の女子《おなご》たちは、殆どが親兄弟が暮らしに窮《きゅう》してやむを得ず身売りしたんです。おみねとおそよ、おひなの三人は長い年季が明け、やっと親元に戻れる身になったんです。でもね、吉原《よしわら》の遊女でさえよく似たものでね、女郎が親元や親類縁者のいる故郷へ戻って、昔のように暮らすのは案外にむずかしいんですよ。周りはよくても、可哀想だけれど女郎自身にも負い目が残ったりしましてね」

お京は赤い唇をぎゅっと結び、束の間をおいた。市兵衛をねっとりと睨んでいる。

「だから、見世に残って抱主と相対で勤められる限り勤め、お金を溜めて、それを元手にゆくゆくは小さなお店を開いて、と本当にささやかな望みを頼りに勤めているんです。でも、そういう女子は本当に珍しいんですよ。新たな借金を拵えて身を持ちくずしたり、無理が祟《たた》って身体を壊したりする女子が多いんです。身売りになった定めを恨まず、真面目《まじめ》に勤めを果たしたおみねとおそよとおひなは、そういう珍しいけな気な女子たちですよ。ねえ、金松」

へい、と金松がお京の言葉に頷きかえした。

「藪下だって岡場所ですから、麦飯をどうこう言うつもりはありませんよ。でもね、ご禁制の岡場所だって御免《ごめん》同様に見逃されているんです。だったら、請状や預り証を交わして身売りした女子の長い年季がやっと明けたんですから、これまで稼いでくれた女子の身になって、相対で勤めさせてやればいいじゃありませんか。それを岡場所だからお上の目が届かないのをいいことに、あれは貸しになっている、これの戻しは済んでいないと、いろいろと難くせをつけ、年季の明けた女子に年季奉公のように勤めさせるのは、酷《ひど》いじゃありませんか」

「年季の明けた女子が勤めを続けるか勤めねえかは、抱主と本人が相対で決めることだ。本人が辞めたいなら、抱主がとめることはできねえ」

と、金松がお京のあとを続けた。

「ところが、ありもしねえ貸しや借金を言いたて、そいつが残っている限り働けと、女子の身を縛るのはかどわかしと同じだぜ。おみねとおそよとおひなは、藪下の姐さんが女子に親身になってくれる店頭という噂を聞いていたから、人を介して姐さんにこっそり相談を、いや、助けを求めてきた。姐さんは女子らに同情して、郷助に斯く斯く云々《しかじか》とかけ合ったが、郷助は姐さんを女と見くびって端《はな》から相手にしねえ。おめえの口を出すことじゃねえと、のらりくらりとはぐらかし埒が明かなかった。しかも女子らは抱主に責めたてられ、折檻《せっかん》まで受け、今度こんなことをしたら生かしちゃおかねえぞと嚇《おど》される始末さ。それでも、女子らは命がけで麦飯を抜け出し、うちへ逃げこんできた。姐さんを頼って懐に飛びこんできたのさ。そんな女子らを、追い出すわけにはいかねえ。それが先々代の権太親分からのうちのやり方さ。姐さんは、その権太親分の娘だ」

「郷助の野郎は手下を大勢連れ、力ずくで女子らをとりかえしに乗りこんできやがった。だから、こっちも力ずくで追いかえしてやったのさ。文句あるかい。力ずくがだめなら、今度はおめえらがきて、縄張りを侵し請状を損ねただと？　かけ合いをとり持つだと？　笑わせるんじゃねえぜ」

祭半纏が声を荒らげ、周りの男らが、そうだそうだ、と言いたてた。

「唐木さん、郷助に伝えてくださいな。そっちの都合のいいように今さらかけ合いだなんてご託《たく》を並べる前に、そっちのやったことを詫びるのが筋じゃないか、あっしらよりも、おみねとおそよとおひなに詫びるのがってね」

お京が言ったとき、表戸の腰高障子がすらりと両引きに開けられた。

三

市兵衛と蓮蔵がふりかえると、垢染みた鈍色の着物と褪せた茶の半袴に両刀を帯び、中背に痩身の侍が、物憂げな眼差しを向けていた。こけた相貌は血の気が薄く青ざめ、無精髭と月代がのびてみすぼらしく見えた。侍は戸の外でお京が言うのを聞いていたのか、

「そういうことだ」

と、低く冷たい響きをこめて言った。

「出ろ。帰れ」

言葉を惜しむように短く言い、障子戸の片側へ身を躱した。しかし、市兵衛はお京に向きなおった。

「お京さん、郷助に聞かされた事情とだいぶ違っているのはわかりました。しかしながら、郷助は今かけ合いを望んでいるのですから、かけ合いをしないよりはしたほうがいい。かけ合いを撥ねつけることは簡単ですが、おそらく郷助はそのままで終わらせぬでしょう。そのままでは麦飯の店頭の顔がたちません。おみね

とおそよとおひなの身柄をとり戻せぬことは元より、店頭の立場を損ねられた恨みを残し、そのままではあと腐れが残ります。郷助の都合のいい申し入れであっても、ここはかけ合いに応じて郷助の顔をたつようにし、そのうえでおみねとおそよとおひなの望みどおりになる始末をつけるべきです」

「うるせえんだよ。てめえの口出すことじゃねえ。帰れ」

祭半纏が喧嘩腰で喚《わめ》いた。かまわず、市兵衛は続けた。

「お京さん、あと腐れが残り、事態がいっそうこじれて喧嘩沙汰になり、怪我人や死人を出したりすれば、間違いなく町方の調べが入ることになります。これまでは御免同様に営んでいても、怪我人や死人を出せば、これまでの御免同様というわけにはいかぬでしょう。隠売女《かくしばいた》を抱えた麦飯と藪下は不埒《ふらち》。建家土地没収のうえ、抱主、地主、請人、家主、五人組、名主にも手鎖、あるいは過料。事情によってはもっと厳しい処罰がくだされかねません。女子らはすべて吉原へくだされ、競売にかけられ三年年季で勤めさせられます。おみねとおそよとおひなの足抜けは、三人の身柄を戻すか戻さぬかの話では済まなくなるのです」

「だからどうだってんだい。そんなことは覚悟のうえだ。姐さんに言う前に、郷助に言いやがれ」

「郷助は、強気に出ればお京さんが折れると踏んでいた。だがお京さんは折れなかった。途端にかけ合いを持ち出したのは、話をこれ以上こじれさせることは損だと、気づいているからです。お京さん、かけ合いに応ずるべきです。筋はお京さんのほうにあっても、筋を捨て、郷助にも少しは譲り、そのうえでよりましな手だてをとるべきです。ときにはそういうこともあります」

お京の顔つきに戸惑いが兆《きざ》した。眼差しにかすかなためらいが見えた。着物の裾からのぞく赤い蹴出しが、わずかにゆれた。

周りの男らは、お京の様子をうかがった。

「おぬし、それまでにしろ。帰れと言っているだろう」

侍の声が、低く冷たく響いた。蓮蔵が侍のほうを見据え、

「市兵衛さん、えらく怒ってますぜ」

とささやいた。

「わたしは麦飯の店頭の郷助に頼まれ、お京さんとのかけ合いをとり持つためにきた。今はお京さんの言い分を訊いているのだ」

市兵衛はお京から目をそらさず、後ろの侍に言った。

「それがしも藪下の店頭のお京さんに雇われ、用心棒を務めている。おぬしを追

い払うためにきた。務めを果たさねばならぬ。それがしが踏みこみ、店を荒らすのは本意ではない。頼む。外に出てくれぬか」

侍が言った。

「お京さん、いいのですね」

市兵衛はお京を見つめた。お京が何かを言いかけた。

「いいんだ。おめえの出る幕じゃねえ。先生、お願えしやす」

お京の代わりに金松がかえした。

市兵衛は侍へふり向き、その物憂げな眼差しを受け止めた。

「仕方がない。蓮蔵、持っていてくれ」

蓮蔵に菅笠をわたし、羽織を脱いであずけた。

「へ、へい」

市兵衛は、侍が路地のどぶ板を鳴らして佇んだあとに続いた。そして、侍に背を向け木戸のほうへゆっくりと歩み、数間をとって軽やかにふりかえった。

木戸を背にして佇んだ市兵衛の頭上の、高い冬空に白雲がたなびいていた。

雲の間から昼前の日が降り、路地に陽だまりを作っている。

市兵衛と侍が対峙すると、不穏な気配に気づいた路地の井戸端の女たちが、立ちあがって二人を見つめた。騒ぎを聞きつけ見世から出てきたり、暖簾の間から顔をのぞかせている者もいた。

お京と男たちが店の外へ出て、二人を見守った。そこに蓮蔵もまじっている。

「かたじけない。これでお京さんの店を荒らさずに済んだ」

侍は物憂げな顔をゆるめ、静かに言った。

「いえ。わたしも店を荒らしたくはありません。できれば、あなたとも争いたくはありません」

「同感だ。だがやむを得ぬ」

「やむを得ません。あなた次第ですが」

市兵衛はかえした。

侍は左手に刀をつかみ、指先で鍔《つば》を押した。かち、と音をたて鯉口をきったのがわかった。

一方の市兵衛は刀に手はかけず、だらりと垂らしたままである。

「おぬしはできそうだな。全身に自信が漲《みなぎ》っている。名を聞かせてくれぬか」

侍は一歩を踏み出して片足を引き、やや膝を折りつつ柄に手を添えた。

「唐木市兵衛です。あなたは？」

「藪下三十郎。一刀流を少々。唐木さんの流派は……」

「流派はありません。若きころ奈良の興福寺にて、僧侶らとともに剣の稽古をしました。それのみです」

「唐木さん、かまえよ」

三十郎は柄を包むようににぎり、さらに膝を折った。

市兵衛はのどかに佇んだ姿をかえず、手も両わきに垂らしたままである。

「わたしはこれで」

「それで、よいのか」

「これで……」

ふむ？　と三十郎は訝った。

「興福寺で、どのような稽古を積まれた」

「僧侶らとまじり、奈良の深き山々を回峰し、山々に吹きわたる風の声を聞き、風を相手に修行をいたしました」

「風を相手に？　それは清々《すがすが》しい。おぬしのようなよき男に似合っている。しかし唐木さん、刀をまじえる相手は人だ。風のようにはいかぬぞ」

「まことに、人と風では比べ物になりません。吹き荒れる風は、暴虐《ぼうぎやく》で容赦《ようしや》がありません。人は風に到底かなわない」

「はは、そうか。ならば」

三十郎は草履を脱いだ。爪先だちになり、つつ、と歩んだ。

抜刀し、外連《けれん》なく正眼にとった。

つつ、つつつ……

たちまち市兵衛に肉薄《にくはく》し、間が消えた。三十郎の憂いは消え、その眼差しに迷いはなかった。

上段へとった一刀が日を浴びてきらめいた。

即座に打ちこまれた。それは目に見えず、ぶん、と刹那の羽ばたきに似たうなりをあげたのみだった。三十郎はひと声も発しなかった。

なすすべもなく、一刀両断にされたかに見えた市兵衛の身体がかしいだ。

「わあっ」

と、蓮蔵が叫んだ。

だが不思議なことに、市兵衛のかしいだ身体が三十郎の傍らをかいくぐり、三十郎と立ち位置を入れ替えた。まるで、日のきらめきの中で、市兵衛の動きは戯《たわむ》れているかのように軽快だった。三十郎はすかさず刀をかえした。身を反転させると、市兵衛の背後より追いかけ、雄叫《おたけ》びとともに袈裟懸《けさがけ》を浴びせかけた。

「うおお」

市兵衛は、それが見えているかのごとくに、身体を折り畳んで背後からの袈裟懸に空を打たせた。そして、三十郎に背を向けたまま誘いながら、路地を井戸端の女たちのほうへ勢いよく走った。市兵衛と追う三十郎が向かってくるのに驚いた井戸端の女たちは悲鳴をあげ、ばたばたと路地奥へ逃げた。

しかし、三十郎はたちまち市兵衛の背に肉薄する。

「たあっ」

再び上段より、三十郎は打ち落とした。

ただ、その一撃は間が近すぎた。

わずかに身体がなびくのが見えた途端、市兵衛の身は瞬時にひるがえった。

抜き放ちつつ、ふりかえり様に三十郎のわきを斬り抜け、走り抜けた。

三十郎の上段よりの一撃は空を泳ぎ、体勢が流れた。流れた身体はふりかえり様の市兵衛の抜き胴を躱すのが精一杯だった。

路地端の見世の暖簾を撥ねあげ、表戸の腰高障子へ背中から激しくぶつかった。腰高障子の桟《さん》が折れた。

そのとき、早や八相《はっそう》にかまえている市兵衛が見えた。

この男は……

束の間、戸惑った。だが、三十郎は攻め急いだ。速さが勝敗を制する。そのはずである。

体勢を立てなおし、間髪容れず打ちかかった。

しかし次の瞬間、三十郎のわきへ廻りこむように躍動した市兵衛の一撃を、三十郎はもう躱すことはできなかった。

またしても一刀は、いたずらに空を彷徨《さまよ》った。市兵衛の動きに追いつけなかった。一合も交わすことができなかった。うなじへ打ち落とされたとき、三十郎は、風を相手に斬り廻ったことに気づかされた。圧倒する力の差に気づかされた。

これが風か。なんたることだ。

と思った。風はまさに、暴虐で容赦なかった。

刃はうなじにひたと吸いつき、動かなかった。

「これまでだ、藪下さん」

市兵衛は刀を押しあてたまま言った。

「凄いな。それが風を相手に習得した剣か」

「風は斬っても斬れません。自在に、どこからでも、どこへでも吹く。風のように動けば、風になれば、誰にも負けぬと思いました」

「そうか。風に歯がたたなかった。斬れ」

「斬られたいのですか」

「死ぬ覚悟はできている。いつかはみな死ぬ。今がそれなら、それでよい」

「よろしい。覚悟っ」

市兵衛は高らかに言った。

周りの者らがみな息を吞んだ。

「待ちな。わかった。かけ合いに応じる」

お京の声が路地に響きわたった。

市兵衛は動かなかった。安堵の吐息が、周りに起こった。三十郎は、市兵衛の刀を残し、がくり、と膝をついた。刀を地面へ突きたて、黙然とした。

市兵衛は刀を引き、一歩、二歩と離れた。

お京を見かえすと、お京がまた言った。

「唐木さんを信じる。あんたなら、郷助とのかけ合いをちゃんととり持ってくれるだろう。唐木さんに任せる。おまえたち、いいね」

「へい。お願いいたしやす」

お京をとり巻く革半纏の金松も祭半纏も、ほかの男らもそろって頷いた。

「承知しました」

市兵衛は刀を納めた。

お京は市兵衛から目を離さなかった。

へえ、こんな男もいるんだね……

と思った。かえって清々したし、上手くいきそうな気がした。

「よし、やったぜ、市兵衛さん。もう、どきどきしましたよ」

蓮蔵が駆け寄り、どうぞ、と市兵衛に羽織を着せかけた。

ふふん、とお京は小さく笑った。

四

それから中二日をおいた三日後、円通寺《えんつうじ》の時の鐘が九ツ（正午頃）を報せる昼どき、麦飯の店頭・郷助と藪下の店頭・お京の立ち会いの下、おみねとおそよとおひなの三人を挟んで、麦飯の抱主と藪下の抱主の間で証文がとり交わされた。

場所は麻布なだれ坂下湖雲寺《こうんじ》門前の、料理茶屋の二階だった。

郷助とお京のほかに、麻布市兵衛町の岡場所の店頭・銀次郎《ぎんじろう》が両者の抱主の中人の役割で立ち会った。そのほかに郷助とお京の手下ら、そして郷助の側に市兵衛と蓮蔵、お京の側には藪下三十郎が控えた。

証文の内容は、おみね、おそよ、おひなの三人は、一ヵ年を限りに一旦麦飯の前の抱主の元に戻す。三人が藪下に逃れたのはひと月足らずながら、麦飯の抱主は藪下の抱主と店頭のお京に、迷惑と手間をかけた詫び代を支払う。三人の向こう一ヵ年の勤めの給金については、抱主と女らの相対でとり決め、一ヵ年の期限ののちは新たに相対の証文を交わし、見世を替えるにしろ替わらぬにせよ、三人の意向どおりにする。また万一、女らが病気や怪我などに見舞われた場合は、抱主が慈悲の心を持って云々《うんぬん》、といったものだった。

証文がとり交わされたあと、中人の銀次郎が音頭をとって酒宴になった。

郷助とお京、抱主や手下らの賑やかな歓談が始まり、おみねとおそよとおひなの三人が一同に酒をついで廻った。この一ヵ月ばかりの郷助とお京の間の不穏な事態が落着し、ひとまず安堵してみな浮かれている様子だった。

蓮蔵も郷助とお京の双方の若い者らにまじって、浮かれていた。

「唐木さん、失礼します。一杯つがしてくれませんか」

三十郎が市兵衛の膳の前に、徳利と杯を手にして着座した。

「喜んで、いただきます」

市兵衛は杯をあげ、三十郎の傾けた燗徳利を受けた。

三十郎の月代はだいぶ濃くなり、そこに白髪がまじっていた。無精髭を剃っているので、青白い顔つきと頬の瘦《こ》けた風貌が目だった。わずかな酒で、早や目の周りをほんのりと赤らめている。

「わたしも、つぎましょう」

市兵衛が徳利を差した。

「ありがとうござる」

三十郎は手にした杯に受け、ひと息にあおった。市兵衛が続けて差すと、あいや、呑んでくれ、と市兵衛についだ。

「唐木さんに命を助けられました。のみならず、唐木さんのお陰でこのたびのいがみ合いは丸く収まり、死人も怪我人も出しませんでした。それがしのような役たたずの用心棒が、お払い箱にならずに済みました。やれやれです。ひと言、礼を言いたかったのです」

「幸い、上手く運びました。これも仕事です。事が上手く運んだのは、藪下さんのお陰です。あなたと刃を交わして、本気で斬る気がないのはわかりました。あなたの人柄がそのまま、真っすぐな太刀筋《たちすじ》に表れていた。あのとき、かけ合いは上手くいくと確信しましたよ」

「そう言ってくれますか。助かります。だが、違うのです。唐木さんを斬る腹だったのです。唐木さんと刀を交わし、歯がたたぬというのはどういうことか、初めて知りました」

三十郎はそう言って、口元を小さくゆるめた。

「剣術の稽古は、人並み以上に積みました。誰よりも自分が強いと思っていたときがあります。若いころ、知り合いと口論の末、斬り合いになりましてね。あれが初めて刀を抜いたときでした。相手を斬りそうになりました。ところが、斬れなかった。武士の情けだからではありません。恐くて身体が震えて斬れなかったのです。それがしは人を斬った覚えがない。所詮は小心者です。岡場所の用心棒らしくない。それでも、尾羽《おは》打ち枯らした貧乏暮らしの中で、自分は強いと思う気持ちだけが、侍としてのそれがしを支えておりました。だが、それも唐木さんに打ちのめされた」

あはは……

三十郎は明るく笑った。市兵衛は黙っていた。

「奈良の興福寺で剣の修行をなさったのですね。国元は上方ですか」

「江戸で生まれ、江戸で育ちました。十三歳のとき、思うことがあって上方にのぼったのです」

「十三歳のときに思うことがあって上方に？　それは仕官の道を求めたとか、まさか出家をとか」

「わかりません。若き日の自分の思いを上手く語る言葉は、この歳になっても見つからないのです。ただあのとき、そうしなければならないと思ったことは確かです。だからそうしたのです」

「そうしなければならないからそうなさった、のですか。ふうむ、唐木さんのお父上は御公儀に仕えるお旗本なのですか。それも由緒あるご一門の……」

「わたしは、母の命と引き換えに生まれました。父は十三歳のときに身罷《みまか》りました。祖父は父に仕えていた足軽です。父が存命のころ、ともに暮らした兄や姉はおりますが、今のわたしは浪人者です。人に語って聞かせる身のうえはありません。わたしの話は何とぞそれまでに」

「あ、つい失礼なお訊ねをいたしました。確かに、そうかもしれません。それがしなど、まさにそうです。人に語って聞かせられる身のうえ話などひとつとしてないのに、人に知られたくない過去は山ほどあります。何しろ長年の貧乏暮らしでひがみ心が身につき、同じ浪人ながらなぜこうも違うのかと、唐木さんを羨《うらや》ましく思い、また唐木さんのお人柄に魅《ひ》かれたものですから。人は違ってあたり前なのです。申しわけござらん」

「お気になさらずに。つぎましょう。どうぞ」

「いや。それがしはこれまでにて。じつは倅が待っておるのです。恥ずかしながら、それがしのような者が四十一にして初めて人の親になりましてな。生まれてまだ半年です。初めてのわが倅です。女房が十番馬場町で、飯炊きをしております。女房が勤めから戻ってくるまで、それがしが子守をしてやらねばなりません。今日のように用があるときは、近所の方のご厚意に甘えて、預かっていただいておるのです。それがしは先にお暇《いとま》をいたします」

「そうなのですか。それは帰ってやらねばなりませんね」

「はい。帰ってやらねばなりません。お名残惜しいのですが……」

と、三十郎は両膝に手をおき、頭を垂れた。しかし、頭を持ちあげると、少し照れ臭そうな笑みを見せた。

「唐木さん、よろしければこれからうちへきて呑みませんか。もらい物ですが、酒があります。江戸へ出てひとり暮らしが長かったものですから、少しは料理もできます。お恥ずかしいほどのぼろ店で、料理屋の料理にも、むろんおよびません。わが倅も少々うるさいかもしれませんが、ただ、これきりで唐木さんとお別れするのは心残りだ」

「そうですか。では、馳走《ちそう》に与らせていただこうかな」

市兵衛は軽々とした笑みをかえした。

「遠慮はいりません。よかった。唐木さんとはもっと話がしたかったのです。風の剣の話をうかがいたかったのです」

「あは。あれはもう全部語りつくしています。風のように自然に、自在であれ、というほどの心がまえです。それ以上に語る風の剣などありません。わたしは藪下さんの一刀流のことをお訊ねしたい。藪下さんの一刀流には、一徹なひと筋の性根を感じました」

「気が利かぬだけです。なまじ稽古を積んでも、融通の利かぬ者がやるとああなるだけのとんちんかんです。それはそれとして、いきましょう。そのうちに女房が勤めから戻ってきます。それがしにも唐木さんのような方が友にいると、女房に自慢ができます」

酒宴は賑やかに盛りあがっていた。鳴物が始まり、つい先ほどまで深刻な面持ちで睨み合っていたお京と郷助は、今はすっかり打ち解けて、賑やかに差しつ差されつを繰りかえしていた。おみねおそよおひなの三人も抱主や若い者らとあけすけに喋り散らし、笑い転げ、大はしゃぎが続いていた。

市兵衛と三十郎は、賑わいに水を差すのを遠慮し、黙って座を立った。

階段下の表の土間にそろえられた草履を履いたとき、顔を赤らめた蓮蔵が、二階から階段を派手に鳴らしておりてきて、市兵衛を呼び止めた。

「市兵衛さん、市兵衛さんったら、もう帰っちゃうんですか。寂しいじゃありませんか。まだこれからじゃないっすか」

「これから藪下さんの店にお邪魔して、馳走になる。藪下さんと剣術談義をするのだ。そうだ、蓮蔵。今晩は喜楽亭にいけそうにないと思う。蓮蔵が今晩いけたら、渋井さんにこのたびの一件はめでたく落着しましたと、伝えておいてくれ。わたしは明日、喜楽亭に顔を出す」

「へい。承知しました。帰りに喜楽亭に寄って、渋井の旦那にお伝えします。じゃあ市兵衛さん、藪下さん、お世話様でした」

蓮蔵は市兵衛と三十郎を見送って、階段を二階へとんとんとあがり、酒宴の座敷へ戻った。すでにだいぶ酔ったお京が、「蓮蔵、れんぞう」と、配下の若い者のように気安く手招いた。

「へいへい、姐さん、ご用で」

調子よく手をもみつつ、蓮蔵はお京の膳の前へ膝をついた。

「市兵衛さんは雪隠《せっちん》かい。早く呼んどくれ。市兵衛さんには話したいことが一杯あるんだよ。あたしゃね、今、胸が苦しくなって仕方がないのさ。この若い胸の苦しみを治せるのは、市兵衛さんだけなんだからね。蓮蔵、市兵衛さんを早く呼んできておくれ」

お京は、唐木さんではなく、馴れ馴れしく市兵衛さんになっている。

「若いってえのは少しばかり無理がありますが、どっちにしても残念でした、姐さん。市兵衛さんは藪下さんとこで一杯やるため、たった今お出かけになりました。ひと足、遅れました。はい」

「ええ？　で、出かけた。馬鹿。なんでとめなかったんだよ、とんちき。あっしの用は、まだ済んでいないんだよ。市兵衛さんに用があるんだよ。若いあっしの胸の焦がれが、おまえにはわからないのかい」

「若いってえのがわからねえのは措《お》いといて、姐さんの気持ちはわかりやす。市兵衛さんはあの姿形だし、性根も気風もいい。持てねえはずがねえんです。でもね、市兵衛さんはこれよりも」

と蓮蔵は小指を立て、「これなんですよ」と、人差し指をにぎって剣術の仕種《しぐさ》に変えて見せた。

「藪下さんと剣術談義をするんだって、嬉しそうにいそいそと……」

「何がいそいそだよ、この唐変木。馬鹿。気が利かないったりゃありゃしない。おまえがちゃんと市兵衛さんの番をしていないから、こんなことになっちゃったじゃないか。蓮蔵の役たたず。悔しいね、本当に。剣術がなんだい。剣術ができたって、せつない女心が斬れるかい」

「すごい見幕だね。よっぽどのほの字だね」

周りがわいわいとお京を囃《はや》したてた。

「まあまあ、姐さん、気を鎮めてくださいよ。仕方がないじゃありませんか。市兵衛さんはお侍さんなんですから。それに、市兵衛さんはこれよりも」

と、蓮蔵はまた小指をたてて見せ、「これなんですよ」と、今度は女形の仕種

に変えて見せたから、お京は「えっ」と声をつまらせた。そして、女形の仕種のまま蓮蔵がにやにやして頷いて見せると、

「馬鹿、阿呆、間抜け、とんちき、ろくでなし」

と、罵声《ばせい》を浴びせながら、料理の膾《なます》や卵焼、蒲鉾《かまぼこ》をつかんでは蓮蔵に投げつけた。すると周りが面白がってお京を真似、馬鹿や阿呆……などと罵りつつ蓮蔵に卵焼や蒲鉾、猪口《ちょこ》や杯、箸や小皿まで浴びせた。

「わあ、何すんだ。やめろ。食い物を粗末にしちゃあ罰があたるぞ。あぶない。あいたた……」

蓮蔵は両手をふり廻して防いだが、お京はそれでも収まらず、

「みんな、蓮蔵を煮炊きにして食っちまえ」

と喚きたてた。

「やだあ。やめろお。やめてくれえ」

蓮蔵は叫んだが、男たちが四方からわっと飛びかかって、たちまち蓮蔵を丸裸にした。

五

宮村町の三十郎の裏店は、岡場所の藪下の隣の路地にあって、九尺二間よりは広いものの、流し場と竈《かまど》のある一畳《じよう》ほどの土間と狭い板敷の部屋に四畳半が続く、古く粗末な割長屋だった。

冬の午後、路地には人影もなく、ただ小鳥ののどかな鳴き声が流れている。

三十郎は、隣の住人に預かってもらっていた倅の文平を負《お》んぶ紐《ひも》で背負い、ねんねこ半纏を羽織って戻ってきた。赤ん坊は、ねんねこ半纏の襟の上から大きな目だけを出し、市兵衛をじっと見つめた。

「赤ん坊は赤ん坊なりに、至らぬ親の身を気遣ってくれるのです。この子はあまりむずからず、助かっております。育てやすい子を授かりました。ありがたいことです。ほら、文平、父《とと》のお友だちの唐木市兵衛さんだぞ」

あやしながら、三十郎は竈に火を熾《おこ》し始めた。そして、

「今朝、活きのいい目黒《めぐろ》を手に入れましてね。贅沢《ぜいたく》ですが、つい買ってしまったのです。刺身にして生姜《しようが》醤油で食うと美味い。それから麻布葱《ねぎ》のぬたに豆腐《とうふ》田楽《でんがく》

を拵えましょう。香の物は、女房の漬けた大根の味噌漬けがあります。寒いでしょう。火桶にもすぐ火を入れますから」

と、忙《せわ》しなく竈に薪《まき》をくべながら言った。

「暖かい日が続いています。ゆっくりでけっこうです」

市兵衛は、ねんねこ半纏の背中にかえした。

板で囲った小さな土火桶が角行灯のそばにある。部屋の隅には布団を枕屏風《まくらびようぶ》が囲い、小さな茶箪笥《ちやだんす》に行李《こうり》、米櫃《こめびつ》にお櫃、柱に吊るした菅笠や唐傘《からかさ》や箒《ほうき》、衣紋《えもん》掛《かけ》の男物と女物らしき着物などが、夫婦の所帯をひっそりと彩っていた。

四畳半の奥は引違いの腰障子をたて、障子にはまだ高い西日が軒庇と、目隠し用にかけたままの簾《すだれ》の影を墨絵のように映していた。

三十郎は、手ぎわよく四半刻ほどで支度を調《ととの》えた。平皿に盛ったさんまの刺身にすり生姜が添えてある。白葱のぬたの鉢に、もうひと皿は焼けた味噌の匂いが香ばしい豆腐の串田楽。それに大根の味噌漬けの小鉢である。

「これはご馳走だ。藪下さん、これならすぐにでも小料理屋が開けますよ」

市兵衛が言うと、三十郎は楽しそうに笑った。

「小料理屋が開けるといいですね。それができれば、こんな物に未練などないのですがね」

部屋の隅にたてかけた二刀へ目を流し、さらりと言った。

「さあ、唐木さん呑みましょう。酒だけはたっぷりあります。ゆっくり呑んでいってください」

燗にした二合徳利を、三十郎は日に焼けて節くれだった指先につまみ、市兵衛の杯に差した。二人はそれからしばらく、この田楽の豆腐はどこそこの町の豆腐屋が売りにくるとか、麻布の葱は苦みと甘みがほどよいとか、江戸の目黒のさんまの評判は、などと言い合いながら、ささやかな酒宴を楽しんだ。

背中の赤ん坊がむずかると、三十郎が上体をゆっくりと動かし、聞き分けのよい赤ん坊はすぐに機嫌をなおした。そのうちに眠ってしまったので、市兵衛が手伝い、赤ん坊を背中からおろして三十郎の傍らへ寝かせた。

赤ん坊はねんねこ半纏にくるまれ、両手を広げて静かに眠っている。

三十郎は赤ん坊の上にかがめていた身を起こし、杯をとりなおした。

「女房が飯炊きの勤めに出ている間は乳がありませんので、重湯《おもゆ》を乳代わりにしています。初めは口にしませんでしたが、父親が困っているのを察して、我慢して慣れてくれました。親孝行な倅です」

そう言って、愛《いと》おしげな笑みを浮かべた。

市兵衛は三十郎に酌をした。市兵衛の酌を受けてから、笑みのまま何かを考えるかのように短い沈黙をおいた。

「市兵衛さんが先ほど言われた小料理屋を開く話は、考えたことがないわけではないのです。侍の誇りより、女房と倅を養っていくこれから先の暮らしのほうがずっと大事ですからね。侍など、つまりません」

三十郎は杯を舐めた。

「だが、飯炊き女と岡場所の用心棒稼業にろくな蓄《たくわ》えはできません。親子三人のその日暮らしが精一杯です。小料理屋なんて夢の夢です。先月は倅が百日咳を患いましてね。この子が苦しんでいるのを見ると、薬礼を惜しんでなどいられなかった。薬礼の支払いに高利貸しからもお京さんからも借金をし、商売道具のこの刀も質に入れるところでした。薬礼がかさんで、いっそ親子三人、死ぬしかないかと思いましたよ。貧乏人は、おちおち病気もできません」

「それが、先月のことなのですか」

「あいや、ご心配なく。救う神が現れたのです。昔の古い知人です。金を融通してもらい、薬礼を払って倅の病気は癒《い》え、借金は綺麗にし、刀も質に入れずに済みました。前と変わらぬその日暮らしですが、今はどうにかやっております。それに、このたびのことでは、唐木さんに打ち負かされ、なんの役にもたたなかったにもかかわらず、お京さんから給金のほかに手あてまでいただきました。ありがたいことです。お京さんは、われら親子三人によくしてくれましてね。お京さんには足を向けて寝られません」

市兵衛が笑みをかえすと、三十郎は、あっ、と声をもらし、頭を垂れてのびた月代を叩いた。

「また貧乏暮らしの自慢話が出てしまいました。つまらぬ話をお恥ずかしい。唐木さんとは剣術談義をするためにきていただいたのに」

「いいのです、藪下さん。わたしは算盤が少々できますので、渡りの用人稼業を生業にしています。それはご存じですね」

「はい。奈良の興福寺で剣の修行を積まれ、そののち、大坂の商人の下で算盤を習われたと、うかがっております」

「刀より算盤のほうが、暮らしには役にたちます。とは言え、たとえ浪々の身であっても、侍が刀を捨てる決心は容易にはつきかねます。藪下さんはわたしの刃をうなじに受けて、死ぬ覚悟はできている、いつかはみな死ぬ、今がそれならそれでよい、と言われた。あのときのあなたは侍そのものだった。覚悟も気位も、そして剣の腕前もです。ですが、刀に未練などない、侍などつまらぬ、とさっきは言われた。どうやら、藪下さんが二人おられるようですね。藪下さん、剣術談義などそれこそつまりませんよ。いかがですか。藪下三十郎と名乗られた事情を話してみませんか。ご本名とか、生国《しょうこく》とか。余計なことですが、藪下さんには北の国の訛がわずかにあります。むろん、藪下さんがよければ、ですが」

市兵衛は笑みを消さず、三十郎の杯に酒をついだ。

三十郎は沈黙し、頭を倅の寝顔へ落としていた。

「そうですか。やはりわかりますか。わかりますよね。藪下三十郎などと、いい加減《かげん》な名を使っているのですから」

それから、杯を勢いよくあおった。そして、市兵衛に徳利を差した。

「これからは、手酌でいきましょう」

市兵衛は手をかざして言った。

「国を捨て、江戸へ出てきたのは三十歳のときです。だから三十郎です。江戸に暮らして丸十一年がすぎました。足かけ十二年になります。生国は、宗旨は、江戸に出てきた事情は、とうるさく詮索する店には住めませんでした。店を引っ越すたびに、何々三十郎と名を変えました。藪下の店頭の彦蔵親分に用心棒に雇われたのは、五年ほど前です。お京さんの亡くなったご亭主です。その折り、いい加減に藪下三十郎と名乗ったのです」

三十郎は、赤ん坊へ目を落としてこたえた。

「仰るとおり、それがしの生国は北の国です。これでも、大名家に仕える侍でした。ごく身分の低い、侍の家の生まれです。わけがあって仕えていた大名家を出奔し、生まれ故郷の国を捨て、江戸へ出てきたのです。そのわけは話せません。人に語って聞かせてはならない、知られてはならないわが身のうえです。わが名は、戸倉主馬。この名を十一年前に捨て、主君を捨て、国を捨てたのですから」

「戸倉主馬どの、ですね」

市兵衛が繰りかえすと、主馬は赤ん坊から目をあげた。

「恥にまみれた名です。この名は誰にも話しておりません。わが女房さえ知らないのです。女房にも、この子にも知られたくないのです。それがしは今、藪下三十郎です。唐木さん、これからも藪下三十郎でお願いいたします」

「わかりました」

主馬は新しい燗徳利に換え、手酌で呑み続けた。穏やかに表情をやわらげながらも、主馬の顔つきには長く耐えてきた孤独が影を作っていた。

「江戸に出ても、剣術が少しできたという以外になんの芸もない田舎者《いなか》に、侍らしい仕事などありはしません。手持ちの金はたちまちつき、九尺二間の粗末な裏店の店賃も払えなくなりました。働かねばならず、日雇いの河岸場の軽子《かるこ》、荷車引きの人足、天秤の荷をかついで小裂《こぎれ》売りの行商や、竿竹売り、古椀や明樽《あきだる》買いもやりました。どれも上手くいかず、続きませんでした。その日暮らしのくせに売り声さえ出せないのですから、売れるはずがないのです。しかも、侍の気位は捨てきれず、日雇いの人足をやっても、人足らから蔑まれるあり様でした」

「なぜ藪下に？」

「藪下にくる前は、牛込《うしごめ》の軽子坂下の揚場《あげば》町で、軽子をやっておりました。そこで麻布の藪下で用心棒の侍を探していると人伝《ひとづて》に聞き、軽子をやめて藪下へ移ったのです。じつは藪下が岡場所だとは知らなかったのです。場末の盛り場だろうと、勝手に思っておりました。愚か者です。江戸へ出てただただ生き長らえ、侍らしい生き方など無縁になっていたにもかかわらず、用心棒なら二本差しでいられる、人足や行商よりはましだろうと考えたのです。岡場所の用心棒か、これで侍に戻ったのだなと思ったら、侍にすがる浅はかな自分が情けなくて泣けました。落ちぶれていくだけの不甲斐ない自分を罵りました」

市兵衛は徳利を傾け、杯に酒を満たした。温《ぬる》い酒を舐めてから、

「しかし、藪下でよき出会いがあったのではありませんか」

と、杯ごしに主馬を見つめた。

「はい。朽ち果てていくだけのそれがしの一生だったはずが、思いがけず女房と倅を持つ身になったのですからね」

主馬の孤独な影に、かすかな朱色が差した。

「おかみさんとは、どのような馴れ初《なそ》めだったのですか」

「馴れ初めなどと言えるような出来事はありません。女房は、みすぼらしく、うらぶれたそれがしを憐《あわ》れんでくれたのです。それがしより十三歳年下です。名はお津奈。麻布の十番馬場町の馬喰や馬子相手の平旅籠《ひらはたご》で飯炊きを、暮らしのために今もやっております。藪下の支払いをつけで遊んだ馬子がおりましてね。そのとりたてにお津奈の働く平旅籠へいったときが、まあ、最初の出会いでした」

そう言って、杯をひと息にあおった。

「仙台《せんだい》から仙台馬の市に馬を売りにきた馬喰と、新網《しんあみ》町の小料理屋の女との間に生まれた女です。父親の馬喰は仙台へ帰ってから音沙汰がなく、お津奈という娘

がいることも知らぬようです。母親は女手ひとつで流行《はや》らぬ小料理屋を営んでお津奈を育てておりましたが、お津奈が十三歳のころに病を得て働けなくなり、小料理屋を畳んで、お津奈が端女《はしため》奉公で働きに出ながら、母親の看病をしておりました。十八のときに母親が亡くなり、それ以後は身寄りはなく、お津奈は通いの端女奉公を続け、新網町に寂しいひとり暮らしでした。女のひとり暮らしは物騒だからと、家主や近所の住人らが亭主の世話をしたそうですが、お津奈はその気にならなかったと言っておりました。母親が小料理屋を営む傍ら、とき折り客に身体を売っていたようで、そういう母親を見て育ったお津奈には、所帯を持つことにわだかまりがあったのでしょうな」

「では、おかみさんは父親を知らないのですね」

「そうです。母親から、話に聞かされただけだと言っておりました。ただ、そんな育ちだからかもしれません。十三歳も歳の離れたそれがしに、父親の面影でも見たのでしょうかな。それがしは、江戸へ出てからの長いひとり暮らしで人恋しさに飢えておりました。お津奈は器量がいいわけではありません。傍《はた》から見ればどうということのない女です。ですがそれがしは、傍からではなく真っすぐお津奈を見たのです。気だてがいいのです。お津奈の気だてのよさが、身に染みました。三十代の半ばをとうにすぎたうらぶれた男と寂しい境遇で育った若い女が、互いの心の隙間を埋めるように魅かれ合ったのです。それがしとお津奈が懇《ねんご》ろになるのに、それ以上のわけは要りませんでした。三年前の春の日、手鍋《てなべ》を提げ、小さな風呂敷包みを抱いて、お津奈がこの店にきたのです」

主馬は手酌で酒をついだ。

「半年前、倅の文平が生まれました」

「さらに新しき出会いですね」

市兵衛が言うと、主馬のまつ毛が新しき出会いに震えるかのように見えた。

「まことに。こんな親の元によくきてくれたと、新しい命に礼を言いたい。この子のためなら、侍を捨てても惜しくはないと思えたのです。侍は捨てられない。だが侍は捨てられる。どちらも本心なのです。それがしは、この子のために生きる意味があるのだと教えられた気がします。この子の産声が聞こえたとき、生きよ、と言われた気がしたのです」

主馬は、安らかに眠っている赤ん坊のねんねこ半纏をそっとなでた。鳥の鳴き声がわたっていき、どこかで笊《ざる》売りの「笊や、みそこし、万年柄杓う……」と長くのばした売り声が、唄うように流れてきた。

気がつくと、引違いの腰障子に西に傾いた日射しが、茜色の光と軒や簾の影を映していた。

「ああ、もうこんな刻限ですね」

市兵衛が杯をおいた。

「唐木さん、酒はまだ残っています。これからですよ。なんなら、泊っていってください。このまま、呑み明かしましょう」

あはは、無理ですよ……

市兵衛が言いかけたとき、路地に足音がして、住人のおかみさんらの言葉を交わす華やいだ声が聞こえた。表戸の腰高障子に人影が差し、

「ただ今……」

と、戸が引かれた。

紺地に山吹の縞木綿《もめん》を着た丸髷《まるまげ》の女が土間に入るなり、あっ、というような顔を市兵衛へ向けた。色白に薄い眉とひと重のきれ長な目が、物静かな顔だちを作っていた。市兵衛に小さな会釈をし、すぐに主馬へ向きなおった。

「やあ、戻ったかい。お勤め、ご苦労でした。唐木さん、女房のお津奈です」

主馬が市兵衛に言った。

「こちらは……」

市兵衛は土間のお津奈へ膝を向け、

「唐木市兵衛と申します。お邪魔をいたしております」

と、両手を膝において頭を垂れた。

「まあ、唐木さまでございますか。主人が唐木さまのお噂を、先日からずっとしておりました。よく、おいでくださいました」

お津奈が辞宜をした。

「唐木さんのお陰で、お京さんと麦飯の郷助の話し合いがついた。そのあと、唐木さんにきていただいて、呑んでいたのだ」

「そう、よかったですね。唐木さんと呑むことができて」

「文平は、ずっとおとなしくしている。昼に重湯をたっぷり飲んだそうだ。それがしが負ぶっているうちに眠って、まだ起きない。気持ちよさそうに寝ている」

「あまり寝すぎると夜寝なくなりますから、おしめを換えましょう。そろそろ乳をほしがるころです」

お津奈は「おしめを換えるよ」と優しく言って赤ん坊を抱き起こし、主馬の後ろでおしめを換え始めた。目を覚ました赤ん坊は、火のついたように泣き出し、

主馬は赤ん坊へ向いてうずくまるように顔を寄せ、

「文平、母《かか》が帰ってきた。おしめを換えて、気持ちよくなるぞ」

と、赤ん坊の差し出した小さな白い手をにぎって愛おしそうにあやした。

赤ん坊の泣き声と夫婦の睦《むつ》まじい様子で、店の中が途端に所帯染みた気配に包まれた。

市兵衛は少し、夫婦の邪魔をしているふうな場都《ばつ》の悪さを覚えた。ふと、兄の信正《のぶまさ》と兄嫁の佐波《さなみ》にこの春の終わりに生まれた倅・信之助《しんのすけ》を思い出した。

兄の信正は五十四歳、兄嫁の佐波は四十すぎである。市兵衛の甥・信之助と主馬の倅・文平とは、ほぼ同じころに生まれた。

帰りに、赤坂御門内の諏訪坂《すわざか》にある兄・信正の屋敷に寄ってみようと思った。

お津奈が背中を向けて赤ん坊に乳を与えると、赤ん坊の泣き声は止んだ。

主馬が向きなおり、父親の顔つきのまま徳利を市兵衛へ差した。

「失礼しました。さあ、唐木さん、呑みましょう」

「いや、これまでに。呑みすぎるほどに呑みました」

市兵衛は主馬を止めて、頭を垂れた。

「何を言われる。まだ明るいではありませんか」

障子に映る夕焼けが濃くなっていた。

「まだよろしいではありませんか。お味噌汁を拵えます。それからあんた、湯豆腐の支度もしましょう」

お津奈は、白い顔を市兵衛から主馬へ向けて言った。

「おう、いいね。味噌田楽もいいが、湯豆腐もいい。酢醬油の辛みと熱い湯豆腐が口の中でとろけて、酒が進む。唐木さん、湯豆腐でまた一杯……」

「十分馳走になりました。藪下さんの剣は一流ですが、料理の腕前も大したものです。堪能いたしました。しかし、早や日が傾きました。ころ合いです。藪下さん、話の続きは次の機会にしましょう」

市兵衛は刀をとり、立ちあがった。

「そうですか。名残惜しい」

残念そうに主馬も立ちあがった。

市兵衛は、子供をおいて送ろうとするお津奈を、「何とぞ、そのままで」と止め、土間へおりた。刀を帯び、菅笠をかぶって顎紐を結びながら、板敷に見送りに出た主馬へ微笑みかけた。

「藪下さん、わたしは神田雉子町《かんだきじちょう》の八郎店《はちろうだな》に住んでいます。次はうちにきてください。うちで呑みましょう。わたしが料理を拵えます。それから……深川の油堀に喜楽亭という一膳飯屋があって、夜はそこで仲間と酒を呑んでいるときが多いのです」

と、真顔になった。

「喜楽亭の呑み仲間には、町方がおります」

「ああ、そうでしたね」

「また、長崎で学んで町医者をしている者や、喜楽亭の呑み仲間ではありませんが、お城の役目に就いている知人もおります。もし、何か困ることがあって助けがいるときは、いつでも遠慮なく言ってください。少しはお役にたてることがあるかもしれません。余計な心配はいっさい要りません。本当に遠慮なく。では、ごめん」

市兵衛はお津奈へ黙礼を投げ、路地に出た。路地の井戸端に、住人や子供らの姿があった。日暮れが迫り、夕日に赤く染まった雲がたなびいていた。

六

芋洗坂《いもあらいざか》をのぼって六本木町にとり、通りを竜土《りゅうど》町から青山《あおやま》通りの大山道《おおやまどう》へ出たとき、夕日は落ち、あたりは黄昏《たそがれ》に包まれた。宵の冷えこみが、深々と市兵衛の身に染みこんだ。

およそ四半刻後、赤坂御門をくぐり、諏訪坂をのぼるころには、あたりはもうすっかり暮れなずんでいた。公儀十人目付役の筆頭格旗本・片岡《かたおか》信正の千五百石の屋敷は、その諏訪坂の途中にある。

市兵衛は長屋門の小門をくぐり、玄関ではなく、中の口の庇下で声をかけた。若党の小藤次《ことうじ》がすぐに出てきて、

「これは市兵衛さま。どうぞ、おあがりくださぃ」

と、いつもと変わらぬ親しげな口調で言った。

「旦那さまは弥陀ノ介《みだのすけ》どのと、御酒をお召しあがりになっておられます」

「弥陀ノ介もきているのか。わかった。自分でいくからあとはいい。そうだ、義《あ》姉上《ねうえ》に、信之助のご機嫌うかがいにまいりましたと、伝えてくれ」

「承知いたしました」

勝手を知る兄の屋敷である。中の口からあがって信正の居室へ向かった。

「ごめん。市兵衛です」

襖ごしに声をかけ、「市兵衛、入れ」と、信正の声がかえってきた。

書院の居室に二灯の丸行灯が明々と灯され、床の間を背に兄の信正が袖なし羽織に着流しのくつろいだ形で膳に向かっていた。信正は市兵衛より十五歳年上の兄であり、市兵衛が十三歳のときに亡くなった父親の片岡賢斎《けんさい》に似ている。父親の賢斎同様、若くして目付役に就いた片岡家の当主である。

返弥陀《かえり》ノ介は、片側の明障子を背にして膳についていた。広い額の下に眼窩《がんか》が窪《くぼ》み、眼窩の底の大きく見開いた目に不敵な笑みを浮かべていた。

ごつい才槌《さいづち》頭のひっつめ髪に小さな髷を乗せ、ひしゃげた獅子鼻と、分厚い唇の間からは瓦をも噛みくだきそうな白い歯を見せていた。骨張った顎から太くて短い首と、岩の塊のような胸の分厚い身体を黒羽織に包んでいる。

獣のような恐ろしい風貌を、市兵衛に向けていた。

しかしながら、この顔で笑うとなんとも言えぬ愛嬌があった。五尺（約百五十センチ）余の短軀に広い肩幅と長い腕を持ち、腰に帯びて歩めば地面に引きずりそうなほどの長刀を、背後に寝かせていた。

小人目付は、隠密《おんみつ》目付とも言われる目付配下の隠密である。普段は黒羽織を着用し、俗に黒羽織とも呼ばれている。弥陀ノ介はその小人目付の頭である。

「兄上、いきなり訪ねて申しわけありません。麻布に用がありましたもので、その戻りにふと思いたち、信之助どののご機嫌うかがいにまいりました」

市兵衛は、信正の正面の下座に着座してさらりと言った。

「よくきた。いきなりでも突然でもかまわぬから、もっと顔を出せ。弥陀ノ介と呑み始めたところだ。すぐ支度をさせる。佐波と信之助を呼ぼう」

「義姉上に伝えてくれと、小藤次に頼んでおります」

「ふむ。なら、すぐくるだろう」

「無沙汰だったな、市兵衛」

弥陀ノ介が言った。

「日のたつのが早くて困る。弥陀ノ介の顔を見ぬ間に、もう冬がきているので驚いた。この前はまだ秋の半ばだったのにな」

市兵衛は弥陀ノ介に、戯れるような笑みを投げた。

「おや、お頭、市兵衛はもう呑んでおりますぞ。市兵衛、酔っておるな」

「呑んではいる。だが、自分を見失うほど酔ってはいない」

「麻布の用で呑んだか」

「はい。ある用を果たすため麻布のある町にいき、ある侍といきがかり上、斬り合いになりました」

信正が、ふむ、と頷き、今度は弥陀ノ介が戯れるように言った。

「風の市兵衛でも、人あたりのいいそよ風ばかりとはいかぬからな」

「斬り合いにはなりましたが、侍もわたしもこのとおり無事で、今日の昼間、ある用もつつがなく済み、そのあと侍に誘われ、麻布の侍の住まいで夕方まで呑んでおりました。その戻りです」

「どういう男だ」

「真っすぐな外連のない剣捌《さば》きで、強いけれど無駄がなさすぎる、そんな武芸を身につけておる男です」

「強いけれど無駄がなさすぎる？　質実な、ということではないのか」

「そうとも言えます。ただ、ひたすら理にかなう修行を積んだが、天然の境地にはいたらなかった。だから剣に無駄がありません」

「理にかなう修行ではだめなのか。無駄がなければよかろう」

弥陀ノ介が言った。

「天然は、空であり虚であり幻だ。遊であり暴であり虐であり、そういうもののすべてだ。理は天然を、わずかに解き明かしているにすぎない。わずかな理に執着する無駄のない剣では、巨大な天然におのれをゆだねた剣に勝つことはできない。そう言っているのだ」

市兵衛は弥陀ノ介にかえし、にんまりとした。

「こいつ、小癪《こしゃく》な弁を弄《ろう》し、からかっておるのだな。お頭、市兵衛はだいぶ酔っておりますぞ」

信正が、からから、と笑った。

「しかし、北国生まれの純朴で性根の優しい、気持ちのいい男です。楽しく酒が呑めました」

「名は?」

「藪下三十郎と名乗っております。ですが本名ではありません。本名は伏せてくれと申しておりました。三十歳のとき、何か事情があって国を捨て、江戸に出て身を隠して暮らしてきたようです。藪下という岡場所があり、そこの用心棒をしております。歳は四十一です」

「ほう、用心棒稼業でわけありの江戸暮らしなのだな」

「麻布の宮村町の藪下のことか」

　弥陀ノ介が訊きかえした。

「そうだ。知っているか」

「知っている。藪下の近くの十番馬場町で、仙台馬の馬市が冬に開かれる。今年ももうすぐ開かれるだろう。馬市に馬を見にいったことがある」

　弥陀ノ介は、市兵衛から信正へ顔を向けて言った。

「藪下とは麻布の宮村町の里俗《りぞく》の呼び名です」

「藪下三十郎には生まれて半年の倅がいて、その子を負ぶってあやしながら酒や料理の支度をしておりました。倅が愛おしくてならぬ、というふうでした」

「ということは、四十一にして生まれた子だな。わかるよ。歳をとって子が生まれると、よく生まれてくれたと思うものだ」

　そのとき、襖の外に人のくる気配がした。

「ごめんなさい……」

　佐波のやわらかな声が襖の外で聞こえた。襖がすっと開けられ、佐波が明るい衣を着けた信之助を抱いて市兵衛に見せるようにした。

「市兵衛さん、いらっしゃい。信之助がご挨拶にまいりました」

「義姉上、お邪魔いたします。信之助のご機嫌はいかがですか」

「はい。おしめを換えて気持ちがよくなり、今はとても機嫌がいいのですよ。信之助、市兵衛叔父さまですよ」

と、市兵衛のそばにきた。

「信之助を抱かせてください」

「はい。市兵衛叔父さまに抱っこをしてもらいなさい」

信之助のやわらかな小さな身体を、懐の中に抱きとった。信之助は不思議そうな目をぱちりと見開き、市兵衛を見あげた。手をのばし、市兵衛の顔に触れた。

市兵衛の顔を、つかもうとしている。

「信之助、力が強いな」

市兵衛は話しかけた。

「市兵衛、信之助を仰向けに寝かしてみよ。寝がえりが打てるのだ」

信正が嬉しそうに言った。

「そうか。信之助は寝がえりが打てるのか。では見せてくれ」

信之助の身体を畳の上にそっと寝かせた。するとすぐに、右手を左のほうへひねるようにのばし、右足を持ちあげた。左側へ寝がえりを打とうとする恰好になった。まるで、新しい場所へゆこうとするかのようにだ。

「そうだ、頑張れ、信之助」

「もう少し、よいしょ、よいしょ……」

信正と佐波が信之助と一緒になってはしゃいだ。弥陀ノ介も、「いけいけ」と子供のように応援した。

やがて信之助がゆっくり、ごろんと寝がえりを打った。

「できたできた。寝がえりが打てましたね」

佐波が声をあげ、手を拍《う》った。

「どうだ、すごいだろう」

信正が親馬鹿ぶりを照れもせずに言った。しかし、信之助は周りの大人たちの声に驚き、ぱっちりとした目で周りを見廻してから、みゃあみゃあと泣き出した。

「あらあら、ごめんね。びっくりしましたね」

佐波が抱きあげた。抱きあげられた信之助は、顔を佐波の胸や首筋へ猫のようにすり寄せた。佐波は着物が汚れるのを少しも気にしていない。

母と子のその様を見ていると、あの戸倉主馬の店でも今ごろは、という思いが市兵衛の脳裡をよぎった。

第二章　竹馬《ちくば》の友

一

陸奥岩海領南城家の蔵屋敷・楢崎屋は、半蔵《はんぞう》御門の見える麹町一丁目の大通りに蔵造りの店をかまえている。

表店に入ると広い前土間があって、帳場のある部屋や納戸部屋が隣り合わせた店の間を廻るように、前土間から折れた大路地が奥へ通っている。大路地は井戸と大きな竈が四つ並んだ台所をすぎたところで黒光りに磨き抜かれた廊下に突きあたり、廊下へあがって内蔵や接客の部屋、また南城家の蔵米や物産などの蔵物を収納する大蔵へと通じている。

蔵屋敷とは、諸侯、皇族や幕府の有力旗本、寺社などが領地および采地《さいち》の年貢米や物産を売却し、金に替えるための取引所である。大抵は大店の商家が蔵屋敷と定められ、蔵物を収納する蔵をかねている。

蔵屋敷の蔵物を売買する際の金銭収支を引き受けるのが、掛屋と言われる大名家指定の両替商である。蔵物を落札した仲買人が、その掛屋に落札代金を納めることを《掛ける》と言い、掛屋は仲買人が掛けた蔵物代金と保管料の敷金分の受取証となる銀切手を発行する。

仲買人はその銀切手で、敷金分の保管期限内の間はいつでも、蔵屋敷に収納されている蔵物を請求することができた。

つまり、蔵屋敷では蔵物の管理と取引きが行われ、取引代金の支払いは掛屋が請け負うという、現代の銀行振りこみとよく似た仕組みで蔵物の商いは行われ、商品経済の発達したこの時代の諸侯の台所は保たれていた。

蔵屋敷は、江戸や大坂のみならず、大津《おおつ》、敦賀《つるが》、長崎などにも設《もう》けられ、むろん、諸侯指定の台所の金銭管理を請け負う掛屋も同じである。

蔵屋敷の蔵物の出納をとり扱う役目の者が蔵元であり、昔は諸家の蔵役人が蔵屋敷に出張して務めた。だが、寛文《かんぶん》（一六六一〜七三年）のころより、蔵屋敷の商人が武士に準ずる身分を与えられ蔵元を務めるようになっていた。

諸家の蔵方の役人は蔵屋敷に差し遣わされるが、蔵役人は蔵物出納を監察するのみで、実務は蔵元の指図により蔵屋敷の手代らが行うのである。

そんな蔵役人を代表する名義人を《名代》と言い、蔵元や掛屋を立入人と言って、立入人は士分にとりたてられた。

楢崎屋の表店から通り庭を隔てた裏手が、楢崎屋の主人である嶺次郎と家人、家つきの奉公人の住まいになっていた。

その日、南城家蔵屋敷の名代・登茂田治郎右衛門、同じく蔵方・猪川十郎左、同じく勝田亮之介の三人が、執務中の裃のまま楢崎屋嶺次郎の住まいのひと部屋に集まり、ひそひそと密談に耽っていた。

楢崎屋嶺次郎の姿はなかったが、三人の密談がほかの蔵役人や楢崎屋の手代らに知られぬようにするため、嶺次郎のとりはからいにより、裏の住まいのひと部屋が用意されたのだった。

狭い四畳半の、庭側の引違いの明障子に軒庇の影が映っていた。

「登茂田さま、むずかしいことになりました。このまま手を打たずに放っておけば、われら周辺にも調べが入り、早晩、事が明らかになってしまいます」

「志布木《しぶき》は、融通の利かぬ頑固者と評判の男です。やっかいな男がきました。志布木はまずいですぞ」

「どうするのですか。早く手を打たねば、とりかえしのつかない事態になりかねません。悠長にかまえてはいられませんぞ」

「やはり、村山を始末したのはまずかった。あれはやりすぎだった」

「今さら何を言う。村山の始末はおぬしも賛同したではないか。ためらっているときではない、やるしかないと、おぬし、言ったではないか」

「言った。あのときはそう思った。だが、もっと慎重に事を運ぶべきだった。そうではありませんか、登茂田さま」

勝田が登茂田に言った。登茂田は手にした尺扇《しゃくおうぎ》を片方の掌《てのひら》へ打ちあてつつ、薄笑いを浮かべたのみだった。猪川が苛だちを隠さず、

「そんなことより、これからどうするかだろう」

と吐き捨てた。

先月半ばの夜、平川町で南城家蔵方の村山景助が何者かによって斬られた。江戸家老の遠山十左衛門《とおやまじゅうざえもん》は、即刻、村山景助斬殺の厳しい詮議《せんぎ》を命じた。物盗り夜盗の類でないことは、すぐに明らかになった。だが、誰が、何が狙いで村山景助を殺害に及んだのか判明せぬまま半月がたって季節は冬十月になった。

ところが十月になったころより、南城家の御用金の着服流用が行われており、村山景助はその不正に気づいたため、不正を行っている一味に斬殺された、という噂が家中にまことしやかに流れ始めた。

根も葉もない噂だったが、江戸屋敷の家士らの間では、蔵方のみならず、勘定方、蔵屋敷、掛屋まで徹底して調べをつくし、不正の実情を明らかにすべし、という声があがっていた。

ただ、江戸家老の遠山十左衛門は村山景助斬殺の厳しい詮議を命じたものの、そこまで徹底しなかった。

麴町の蔵屋敷の楢崎屋にも掛屋の松前屋にも、調べの手は入らなかった。

というのも、蔵屋敷名義人の名代・登茂田治郎右衛門の登茂田家は、南城家高知衆の名門であり、代々蔵方や勘定方の高官に就く家柄であった。

登茂田は五年前より江戸の蔵屋敷名代の役目を仰せつかって江戸詰めとなり、蔵物の出納、および、その収支勘定のすべてにわたって目を光らせていた。すなわち、蔵屋敷名代として、江戸に運ばれた米や特産物などの蔵物の出納と収支を監査監察し、結果、南城家の財政を左右するほどの立場にあった。

江戸家老といえども、登茂田の了承と助力なしには麴町にある蔵屋敷の楢崎屋や掛屋の松前屋に新たな監査や査察の手を入れることはできなかった。

「まことに由々しき事態。わが配下にそのような不届きな者はおらぬと信じておりますが、村山があのような災難に遭った以上、このままに済ましておくわけにはまいらん。蔵役人および蔵方、また立入人配下の楢崎屋の手代、松前屋の手代らもすべて、身辺を調べなおし、問い質し、実情をつまびらかにいたす所存でござる。しばらくのご猶予を」

登茂田は家老・遠山十左衛門にこたえ、遠山は「それでよい」とうけがうしかなかった。徹底しなかったのではなく、できなかったのである。

国元の岩海より目付の志布木時右衛門《ときえもん》が出府したのは、村山景助斬殺の実情がつまびらかにならぬままおよそ一ヵ月がすぎた一昨日だった。

志布木時右衛門は、国元の殿より江戸家老・遠山十左衛門に遣わされた書状を携《たずさ》えていた。殿の書状には、

《村山景助斬殺の事情を速やかにつまびらかにし、手をくだした者、一件にかかわりある者を断固厳罰に処すべし。家中の者は国元より差し遣わした目付・志布木時右衛門の調べに何よりも先んじて助力いたし、これにそむく者は主君にそむく不届き者と見なすものなり》

とあった。

志布木は、出府した早々に村山と同じ長屋の朋輩から聞きとりを始め、昨日、今日、と村山が平川町で斬られた当日の足どりを調べている様子だった。

そのあとに、同役の蔵方、蔵役人、上役の猪川や勝田、そして名代の登茂田への聞きとりも行われるのに違いなかった。

勝田が登茂田へからむように言った。

「言い逃れで言うのではありません。ですが、われらは登茂田さんの指図に従ってきたのです。これからどうするのか、お指図を願います」

登茂田は、むっつりとした顔つきを勝田へ向けた。

「いつもどおり、蔵役人としての務めを果たしておればよいのだ。わたしの指図に従ってきたのだから、これからもわたしの指図に従っておれ。ただし、わたしの指図せぬことはしてはならん。勝手なふる舞いは、慎め。昼間からむらさきに芸者を揚げて遊興《ゆうきょう》することもだぞ、勝田」

「あ、いや、わたしは昼間からそんな……」

「志布木の聞きとりには、蔵物の出納は蔵元の楢崎屋がやっており、それを監査する蔵役人としての役目をこたえるだけだ。むずかしいことは何もなかろう。それとも勝田は、村山と蔵方の役目以外に何かつき合いがあるのか」

「いえ、何もありません」

「ならば、村山のことを訊かれたら、洗いざらいぶちまけてやれ。有能な蔵方だったかそうでなかったか」

「は、はい。そうですね」

「楢崎屋と松前屋のほうと、口裏を合わせなくともよいのですか。志布木の聞きとりは手代らにも行われると思われますが」

猪川が不安げに言った。

「楢崎屋と松前屋とは、もう話した。あの者らは武士に準ずる身分とは言え、損得勘定に厳格な商人だ。どのようにふる舞うべきか、われらより心得ておる。性根の据わり方が違う。侍の身分にありながら、おぬしらのみっともないうろたえぶりとは比べ物にならぬ」

「もう話し合われましたのか。なぜその場にわれらは呼ばれなかったのですか。われらがいてはまずいことが、話し合われたのですか」

「よく考えてみよ。一昨日、志布木が出府してから上屋敷の状況は一変した。みな用心深く、周囲の動きや噂、評判、気配を探っておるのに気づかぬのか。こういうときにわれら五人が顔をそろえれば、怪しまれる恐れがあるだろう。われら三人だけなら、言いわけがたつ。いいか、おぬしら。人前で楢崎屋や松前屋とあまり気安くするではないぞ」

猪川と勝田は、神妙な顔つきになって目を伏せた。

「国元より目付が遣わされる事態は、村山の始末を決めたときからあり得ると、織りこみ済みだ。知っているのは、われら五人だけだ。われら五人が口をつぐんでおれば、志布木ごとき田舎侍がどのように探ろうと、何も明らかになりはせぬ。村山に知られたことだけが、不覚だった。村山は生かしてはおけなかった。あの男を生かしておいたら、志布木が遣わされたことより、もっとあぶない事態に追いこまれていたのだぞ。勝田、わかるか」

「はい。わ、わかります」

「あの男、われらを探るためにわれらにへつらってきたのですかな」

「そうかもしれん。だが村山のことはもういい。今は志布木時右衛門だ。今宵《こよい》、楢崎屋と松前屋に引き合わせる名目で、志布木を供応する手はずになっておる。わたしは名代として相伴するだけで、供応するのは楢崎屋と松前屋だ。志布木が江戸の商人が差し出すどれほどの金に食指を動かすか、そこが見ものだ。おぬしらにはやることがある。志布木の身辺を注意深く探れ。志布木の家柄がわれらと同じ高知衆であることは知っているが、時右衛門のこれまでの役目の経歴、どういう後ろ盾があって目付役に就いたか、人物の評判や噂。それから特に、親しく交わっている交友相手や幼馴染みにどのような役目の者がいるか、なるべく詳しくだ。いいな」

「承知しました」

「まずは、志布木がどれほどの者かを知っておかねばな。江戸屋敷でわからぬことは、国元に書状を送って調べさせよ」

「あの、戸倉主馬はいかがいたしますか」

猪川が思いついたように、伏せた目をあげた。

「ああ、主馬か……」

登茂田は尺扇を裃の膝にたて、軒庇の影が映る明障子へ不機嫌そうな顔を投げた。明障子に顔を向けたまま、咳払いをひとつした。

「あの臆病者め。役たたずのくせにやっかいだな。どうするべきか」

「登茂田さま、主馬を今のまま放っておくのですか。万が一、主馬が江戸にひそんでいることが家中の者に知られて捕えられれば、詮議の場でわれらとのかかわりや村山の一件を白状し……」

猪川が懸念を、ぼそぼそと口にした。

「そうならぬよう主馬を消せと、言いたいのか」

「村山の口をふさいだのですから、この際、そのような懸念を払拭するため、竹《たけ》川《かわ》にやらせるべきでは」

「村山と主馬は一緒にはならぬ。村山は斬らねば、われらの首が飛んでしまうところだった。今、主馬まで斬れば、町方の調べが入り、どういう筋から元は南城家の者と知られてしまうかわからない。それが上屋敷に伝われば、志布木は主馬が欠け落ちしたかつての一件と村山の一件とのかかわりを、疑い始めるに違いない」

「そうですな。そんなことになれば、かえって藪蛇だ」

勝田が口を挟んだ。

「志布木が江戸にいる間は、静かにしていたほうがいい。主馬は放っておけ。ただし、また金の無心にのこのこと上屋敷に現れぬとも限らぬ。村山景助の一件の詮議のために国元より目付が出府している、目付に捕えられれば斬罪は間違いない、こちらより知らせるまでは決して上屋敷に顔を出してはならぬと、念のため釘を刺しておけ。少し金を与え、手なずけておくのもいいかもな。ああいう者でも、何か使い道があるかもしれぬ。いっそのこと、志布木時右衛門を斬らせようか。今度こそ縮尻《しくじ》るなと、背中を押してやってな」

「ま、まさか。志布木を斬るのは反対です。目付まで斬ると、家中は大騒ぎになりますぞ。それこそただでは済まない」

「冗談だ。馬鹿も一芸だと言っておるのだ。使えるうちは使う。だが、邪魔になればばきり捨てる。そのときがきたら竹川に斬らせる」

「では、今日にでも早速、藪下へいってまいります」

猪川が言い、勝田は頷いた。

二

その朝、主馬は井戸端で裏店のおかみさんたちにまじり、倅の文平のおしめの洗濯にかかっていた。文平を負ぶって、ねんねこ半纏をまとっている。

女房のお津奈は十番馬場町の平旅籠の飯炊きと端女の仕事に出かけ、洗濯や掃除、昼間の文平の世話は主馬の役割である。

母親のお津奈のいないとき、文平には重湯を与えている。

普段はよく笑う可愛い倅だった。赤ん坊らしく泣いたが、まるで親の苦労を気遣うかのように、聞きわけがよかった。

お津奈は、午後のいっとき、旅籠のご主人の許しを得て文平に乳を与えに戻ってくる。ただ、母親の乳が足りないせいか、文平はあまり健《すこ》やかではなかった。すぐに熱を出した。それが気がかりだった。

主馬の用心棒稼業の給金だけでは、夫婦と赤ん坊の暮らしを支えるのが精一杯だった。そのほかに、身体が弱くすぐ熱を出す文平の薬礼が毎月のようにかかったし、食べていくだけではない諸々の出費もあった。また、少しは蓄えもしておかなければならなかった。

だから、お津奈が仕事をやめるわけにはいかなかった。

先月は文平が百日咳に罹って二十日以上も苦しみ、高価な薬礼の支払いに暮らしが窮地に追いこまれた。その窮地はどうにかしのげたものの、それをしのぐために、主馬は重たい荷を新たに背負わねばならなかった。

ひとりになると、その重荷がいっそう重たくのしかかった。

このごろ主馬は、背中にねんねこ半纏にくるまれた文平の身体の温もりを感じているとき、自分は文平の父親としていつまで生き長らえるのだろう、と考えるようになった。年が明ければ四十二歳になる。こんな自分が、これから長く生きるとは思えなかった。

文平がどんな男子になるのか、自分はそれを見ることができないと思った。文平が生き長らえてくれれば自分のような者は十分ではないか、それが自分の命の意味なのではないか、と考えるようになっていた。

主馬の背中で、文平はぱっちりとした目を見開き、大人しくしている。

「大人しくて、いい子だね、文平ちゃんは」

横のおかみさんが、文平のぱっちりした目に笑いかけて言った。

「はい。赤ん坊にしては聞きわけがいいので、助かっております。これでもう少し丈夫であればいいのですが」

洗濯の手を動かしながら、ぼそぼそとかえした。

「赤ん坊はそういうもんさ。だんだん丈夫になって、今に元気に走り廻るようになるから。ちょっとの間の我慢だよ」

おかみさんも主馬も、冷たい水で手は真っ赤だった。

井戸端のほかのおかみさんらが、米の値段がまたあがったのに表通りの銭屋の銭相場はさがった話で、わいわいと言い合っていた。

「米相場がさがるとお武家が困るので、お上が西国から下ってくる廻米《かいまい》を制限して、町家に出廻るお米を少なくし、米相場をわざと高値になるよう、操っているらしいのさ」

「そうそう。お酒を造る制限をゆるめて、お酒の造る量を増やしたりしているって話も、酒屋の甚兵衛《じんべえ》さんから聞いたよ。お酒を造る量が増えれば、その分、出廻るお米の量が減るんだからね。うちの亭主は酒ばっかり呑んで、気楽に酔っ払ってるけどさ」

あたしもその話は聞いた、と別のおかみさんが首をふった。

米の石高が商品経済の貨幣の価値を裏づけるこの時代、米を使う酒造りにはお上の厳しい制限が課せられていた。

「先生、お上がお武家のために、お米の値段をわざと高くしているっていうのは本当なんですか」

ひとりのおかみさんが主馬に訊いた。

主馬はこの裏店では、先生、と呼ばれている。隣の藪下の若い者が、用心棒の用で主馬を呼びにくるとき、「先生」と呼ぶからである。それに、浪人ではあっても二本差しの侍である。自分らより少しは物知りだろう、と思っている。

「まったく、こう諸色が高値になっては、幾ら景気がよくとも堪りませんな」

おかみさんらの言い合いに、主馬も決まり悪げに加わった。

「実情はそれがしにもわかりません。ですが、御公儀に仕える旗本や御家人の、特に御家人の多くの暮らしが困窮していることは確かです。米の相場を高めに持っていこうとするのは、御公儀に限らず、諸大名のどの国でも同じですから」

「それじゃあ、あたしら、堪らないよ。幾らお侍が大事だからって、お侍は何も稼いじゃいないんだからね。稼いでいるのは、百姓やら漁師やら大工やら馬喰やら商人やらなんだからね。そんなにお侍が大事なら、お侍に稼がせりゃいいんだよ。稼いでからにしてもらいたいね」

「そのとおり。侍は何も稼いではおりません。にもかかわらず、稼いでいない侍のために米を高値に操るのは筋がとおりません。しかしながら、暮らしに不自由のない侍は、じつはわずかなのです。米の値があがれば、諸色もあがります。多くの侍は、諸色の値上がりでやり繰りに困っている貧乏暮らしなのです」

主馬はおしめを、ぎゅっと絞った。

「そういう貧乏な侍の中にすら入らない、それがしのような浪人者もおるのです。いろいろな侍がおります。どうか、大目に見てもらいたいものです」

あはは、と主馬はひとりで笑い、またぎゅっと絞ると、それもそうだね、とおかみさんらは互いに見合って、相槌を打った。

そのとき、路地のどぶ板を踏んで、お京の手下の金松が井戸端のほうへくるのが見えた。褪せた茶色の革半纏の裾をなびかせ、素足につけた雪駄が、どぶ板に派手な音をたてている。

金松に気づいたのか、背中の文平が、ふうう、と声を出した。金松は井戸端のおかみさんらにまじっている主馬を認め、数歩、小走りになった。

「よっ、お内儀さま方、おそろいで朝から精が出ますねえ」

金松はおかみさんらへ、軽々と声をかけた。岡場所の柄の悪い若い者にもかかわらず、貧乏長屋のおかみさん相手に、お内儀さま、などとわざとらしく言う調子のよさに愛嬌があり、存外、おかみさんらの評判の悪くない男である。

「お早《はよ》う、金松さん」

「へい、お早うござんす。いいお天気で、洗濯日和でやすね」

と、金松は親しげに声をかけ合っている。

「先生、お洗濯中のところ相済みませんが、仕事ですぜ。お支度を願いやす。文平ちゃん、ご機嫌はどうかな」

金松はそう言って、にいっ、と背中の文平に笑いかけた。

「何かあったのか」

「先だっての、外櫻田の旗本の倅が残したつけの、とりたてでやす」

「ああ、あれか。今日だったたか。わかった。では、急いで干すから、金松は家で待っててくれ」

「文平ちゃんのおしめでやすね。わかりやした。あっしがこれを干しやす。その間に先生はお支度を願いやす」

「うん？　そうか、済まんな」

「いいんですよ。ちゃっちゃっ、と用を済まして、昼までには戻ってこられるでしょう」

金松は絞ったおしめを入れた盥《たらい》を両手で持って、物干し場へいった。

主馬は店へ戻り、文平をおろした。少しぐずったが、

「よしよし。父《とと》は仕事にいってくるぞ。いい子にしておれよ」

と、ねんねこでくるんでなでると、文平はすぐに大人しくなった。

藪下の仕事でお京に呼ばれるとき、隣の五十代半ばの隠居夫婦に文平をいつも

預かってもらっていた。

「気にしなくていいんだよ。いつでも連れておいで。わたしらは子供を三人育てたんだよ。子供や赤ん坊の世話は、慣れたものさ。ねえ、おまえさん」

「ふむ。慣れたもんだ」

と、隠居夫婦は好意で言ってくれた。

用心棒稼業に赤ん坊を負ぶってはいけない。隠居夫婦の好意に甘えるしかなかった。乳代わりの重湯と数枚のおしめ、それに熱が出たときに温い湯に溶かして飲ませる頓服薬《とんぷくやく》を預け、「お願いいたします」と辞宜をし、路地を出た。

からっと晴れた冬空が広がっていた。天高く白い雲が浮かび、悠然と羽ばたいて飛んでゆく鳥影が見えた。

主馬は黒塗りの鞘の所どころが剝げた二刀を帯び、菅笠をかぶっている。

懐に仕舞った財布には、わずか二十文ほどの金しか入っていない。ただ、仕事が長引いた場合でも、これだけでもあればかけ蕎麦《そば》ぐらいは食える。

「屋敷はわかっているのだろうな。確か、谷島喜十郎《たにしまきじゆうろう》だったな」

たらたらと雪駄を鳴らして先をゆく金松の、背中に言った。

「井伊《いい》さまの上屋敷裏の、元山王のほうだということでやすから、たぶん、わかるでしょう」

金松は肩で風を斬るようにふりかえり、にんまりとした笑みを寄こした。

一刻（約二時間）後、主馬と金松は、井伊家上屋敷裏手の、平川町側にある旗本屋敷の土塀がつらなる往来にいた。土塀の上にのびた葉を落とした木々が、枯れ葉の散った往来に薄くくすんだ影を落としていた。

「ちぇ、ずいぶん待たせやすね。いい気なもんだぜ」

金松が革半纏の懐に両手を入れて組み、雪駄を鳴らして石ころを蹴った。石ころは往来の向こうの土塀まで転がって、力なく跳ねかえった。

「ふむ。そろそろ四半刻になるかな」

主馬もいささか苛だちを覚えていた。いつまで待たせる気だ、と訝った。

二人が四半刻近く前から待たされているのは、小納戸衆旗本・谷島家の長屋門前の土塀わきだった。

借金のとりたてに訪ねた相手は、谷島喜十郎という谷島家の部屋住みだった。

数日前、谷島喜十郎は昼見世の始まったばかりの藪下に現れ、楓屋《かえでや》という見世にあがり、一切二百文で遊んだ。ところが、敵の女が気に入ったと見え、一切では済まず、泊りの二朱に変えて居続け、それなりに呑み食いもし、路地の木戸がとうに閉まった夜の四ツすぎに戻る段になって、手持ちの金がないと言い出した。

女郎は先に《おつとめ》をいただくのが常だが、一切の二百文は受けとったものの、居続けの泊りに変えた二朱と呑み食いなどの分は、わが家は旗本の小納戸衆で……と本人が語り、着物や持ち物は上等だし、仕種にも育ちのよさが見えたので、あとでも間違いはあるまいと、見世の主人は求めなかった。冗談じゃないよ、と問いつめたところ、

「ないものはない。三百文ほどを持って藪下へ遊びにきて、一切で帰るつもりだった。それが、敵の情のこまやかさについほだされ、居続けてしまった。支払いは後日、必ず済ますので、つけにしてもらいたい。武士に二言はない」

と、喜十郎は悪びれもせずに言った。

店頭のお京や手下の金松ほかの若い者、念のために主馬が呼ばれた。どうしたものかと相談した結果、谷島家が旗本の小納戸衆というのは事実らしく、部屋住みではあっても、旗本の刀や持ち物を岡場所のつけの形にとるのもはばかられるため、喜十郎に借金の証文を書かせて帰すしかない、ということになった。

喜十郎の書いた証文の期限が、今日だった。

もう一度声をかけてみるか、と思ったとき、長屋門の小門が開き、喜十郎ではなく、幾ぶん年上の侍が現れた。侍は谷島家の家人と思われた。金松が侍へ「畏れ入りやす」と辞宜をした。

侍は明らかに胡乱な目つきを、金松と後ろの主馬へ投げた。それから、

「楓屋の使いの者か」

と、ぞんざいに言った。

「へい。あっしは藪下の店頭のお京さんの下で働いておりやす金松でございます。こちらは同じく藪下の……」

小腰をかがめてこたえた金松を、侍がいきなりさえぎった。

「おまえたちのことを訊いているのではない。楓屋の使いかと訊いておる」

「さようでございます。先ほど門番の方に楓屋の主人・惣右衛門《そうえもん》の代人とお伝えし、谷島喜十郎さまにおとり次をお願いいたしました」

「喜十郎さまはお忙しいゆえ、わたしが代わりにうかがう。楓屋の使いが、喜十郎さまになんの用できた」

「ほう、喜十郎さまはお忙しいのでございますか。で、あなたさまが喜十郎さま

の代わりで。ということは、喜十郎さまの代人でございますね」

侍は黙って金松を睨んでいる。

金松は、懐から証文をくるんだ折り封をとり出した。

「ここに証文がございます。先だって、喜十郎さまは藪下の楓屋でお遊びになられた花代などを、つけになされました。つけになされた証文でございます。喜十郎さまがお書きになられました。利息はございません。つけのお支払いの、本日は期限でございます。お支払いをお願いにまいりました」

「見せろ」

侍は証文の折り封を、金松の手から無造作にとった。折り封を開き、眉をひそめて証文を舐めるように目をとおした。

「泊り二朱だろう。この額はそれよりも高いではないか。どういうわけだ。喜十郎さまを若いと見くびって、おぬしら、ふっかけたな」

「とんでもございません。花代の二朱のほかに派手に呑み食いをなされ、その代金もすべてつけになされたのでございます。この金額は喜十郎さまもご承知で書かれたのでございます。喜十郎さまにお訊ねいただければ、おわかりになることでございます」

「そうか。では、喜十郎さまにこの金額に間違いないか、お訊ねしてまいる」

「ええ? そ、そんな……」

「待たれよ」

いきかけた侍を主馬が止めた。うん? と侍は主馬へ見かえった。

「われらはそこもとが出てこられるまで、四半刻も待たされておる。そこもとはすでに、喜十郎どのより委細を聞いておられるのではないか。それを承知の上でさらに待たせ、われらに嫌がらせをなさるおつもりか」

「なんだと。言いがかりをつけるのか」

「言いがかりではない。今日という期日は喜十郎どのが示された。期日を守って訪ねたわれらにこの扱いは、不当だと言っておる。手間をとらせはしない。忙しくともすぐに済む事柄ではないか。喜十郎どのをお呼びいただきたい」

「見苦しき下郎が、偉そうに。ここは江戸城をお守りする諸侯、ならびに公儀にお仕えするお旗本のお屋敷地ぞ。おまえらごとき汚らわしき生業の者がくる場所ではない。本来ならば即座に追い払うところを、追い払わぬだけでもありがたいことだとわからぬのか。待つのが嫌なら、さっさと立ち去れ」

「何を言われる。われらはきたくてきたのではない。汚らわしきと蔑まれる遊里で遊び呑み食いした挙句に、代金をつけにし、後日必ず払う、武士に二言はないと証文を残しながら、つけを済ます段になって、追い払わぬだけでもありがたいこととは、人を愚弄《ぐろう》するにもほどがある。見苦しいのはそこもとだ」

「おのれ、言うてわからぬならいたし方ない」

侍は証文を投げ捨てると、金松を突き退け、主馬の首筋に手をのばした。中背瘦軀の主馬より大柄で、逞《たくま》しい身体つきだった。突き退けられた金松は、

「おおっと」

と、土塀に背中をぶつけた。

だが、主馬の首筋へ手が届く前に、侍はひと声うめいて身体をくの字に折り曲げた。腹を両腕で抱えるように押さえ、両膝を折り、腹の中の物を吐きそうに喘《あえ》いで、苦痛に顔を歪めた。

それから膝を折り畳んだ恰好で、門前へごろんと転がった。

げえ、げえ、と喉を鳴らし、身体を丸めて身悶《みもだ》えた。下げ緒を結んでいなければ、腰の刀が抜けそうだった。

「き、斬っちゃったんですか」

金松が身悶える侍と平然と佇む主馬を見比べ、慌てて言った。「これは、やば

いことになりやした」とうろたえ、往来の前後を見廻した。幸い人通りはなく、近くの辻番からも土塀の陰になっていた。

主馬は、左手で鞘をつかんで一尺ほど突き出した刀を、静かに腰の元の位置へ戻しただけだった。そして、侍を見おろして言った。

「大丈夫だ。休んでおれば痛みは治まる」

主馬の突き出した刀の柄頭が、侍の鳩尾《みぞおち》へ突きこまれたのがわかった。侍は何もこたえられず、なおもうなって身悶えているばかりである。

「金松さん、手ぶらで帰るわけにはいかんだろう。もう一度門を叩け」

「ええ。ひ、人が出てきてこれを見たら、狼藉者ってことになりやすぜ」

「仕方がないだろう。わけを話せばわかるはずだ。もう一度、門番に喜十郎へと取り次を頼め」

主馬が言ったとき、門扉わきの小門が、ごとん、と開き、喜十郎が慌てて走り出てきた。

「それまで、それまでにしてください。何とぞ、それまでに」

喜十郎は、拝むような仕種をした。

三

「まったく、人騒がせな話ですね。金があるんだから、初めから払っとけばあんな騒ぎにならずに済んだんだ。どうせ払わなきゃならねえのに、妙な嫌がらせをしやがって。とんだ冷や汗をかかされやした」

「喜十郎は、あの郎党と口裏を合わせ、つけを払わずに済んだら、郎党と山分けにするか、礼をする約束になっていたのだろう。楓屋で遊んだのは何日も前のことだ。日がたって気持ちが冷めると、今さら花代や呑み食いの代金を払うのが惜しくなった。たぶん、父親や兄はお城勤めで留守にしている。多少、荒っぽい扱いをしてもばれない。そこで、郎党に打ち明け一計をたくらんだ」

「それが二本差しの侍のすることですか。てめえが好きなように遊んでおきながら、遊びの後始末はしねえってことですか。なんて野郎だ。あれじゃあ、麦飯の郷助のほうがまだましですぜ」

「身分や衣裳で飾りたてても、人の性根は容易に変えられない。潔《いさぎよ》い者もいれば愚か者もいる。正しきふる舞いをする者も罪を犯す者もいる。侍とて同じだ」

「けど、先生のお陰で上手くいきやした。喜十郎のとりたてが上手くいかなかったら、姐さんにどやされるところですよ。侍の言いなりにさせず、筋を通して小気味よく言いかえして、最後は腹をひと突きでぐうの音も出なかった。はは、野郎、げえげえとはやっておりやしたがね。先だっての唐木市兵衛とかいうお侍には残念ながら敗れやしたが、やっぱり先生は頼りになりやす」

主馬と金松は、永田町の往来を赤坂御門のほうへ戻っていた。戻り道はわかっているので、主馬が前を歩き、金松が後ろに従っていた。

「そうだった。唐木市兵衛は凄い男だ。あの男には、到底かなわぬ……」

と、主馬の言葉が消えるように途ぎれた。

「なあに。先生ほどの腕がありゃあ、次は勝ちますよ。勝敗はときの運と言うじゃねえですか。唐木市兵衛だって、いつでも運が味方するとは限りやせんよ。だいたい、郷助の味方についているのが、あっしは気に入らねえ。おや、先生、どうかなさいやしたか」

主馬が足を止め、顔を菅笠に隠すようにして金松へひねった。

「金松、先にいってくれ」

「あ？　そうすか。この道でいいんですけどね」

りに見やっていた。

「先生、どうしやした？　今のお侍、ご存じなんでやすか」

「いや。顔がよく見えなかったし。ただ、遠い昔の、知り合いのような気がしたのだ。気のせいだ。知り合いのわけがない」

主馬は歩みを止めず、また金松の先へいった。

「あのお侍は、どちらのご家中なんですか」

金松は主馬の背中に訊いた。

「どこの家中の者か、そんなことは知らん。関心もない」

「知り合いかもしれないのに？」

主馬の背中はこたえなかった。そう言えば、と金松は藪下三十郎と名乗っている先生の生国も、どのような素性なのかも知らないと気づいて意外に思った。言葉に少し北国訛があるのは、前から感じてはいた。金松はまた訊いた。

「先生は、元はどちらのご家中だったんで？」

「どこの家中でもない。浪人の家に生まれ、浪人の子として育ち、これまでもこれからもずっと浪人さ」

「浪人ね。生国はどちらなんですか」

「いいから……」

小声で促した。

そこで金松は、往来の前方より侍が、挟み箱をかついだ中間《ちゆうげん》を従えてこちらのほうに向かってくるのを認めた。

黒塗りの笠をかぶり、少々鄙《ひな》びた浅葱《あさぎ》の羽織に茶袴の扮装だった。国元より出府してきたばかりの、どこかの家中の侍に思われた。中間の看板はどこもよく似たものだから、どこの家中かはわからなかった。

永田町は武家屋敷地である。侍が通りかかっても珍しくはない。

「じゃ、お先に」

金松は主馬の先にたって、往来の左側をとった。

向かってくる侍のほうも左側を通っており、両者が見る見る近づいていき違うとき、侍がこちらを見ているような様子だった。金松は侍のほうへ、ひょいと頭をさげた。ただそれだけで、何事もなくすれ違った。

あのお侍、こっちを気にしていたな。こっちが気にしたからかな。

と、そんなことを思いながら主馬へふりかえると、主馬は金松より少し遅れて歩みながら、通りすぎて小さくなっていく侍と中間の後ろ姿を、ちらちらとしき

「けど、先生のお陰で上手くいきやした。喜十郎のとりたてが上手くいかなかったら、姐さんにどやされるところですよ。侍の言いなりにさせず、筋を通して小気味よく言いかえして、最後は腹をひと突きでぐうの音も出なかった。はは、野郎、げえげえとはやっておりやしたがね。先だっての唐木市兵衛とかいうお侍には残念ながら敗れやしたが、やっぱり先生は頼りになりやす」

主馬と金松は、永田町の往来を赤坂御門のほうへ戻っていた。戻り道はわかっているので、主馬が前を歩き、金松が後ろに従っていた。

「そうだった。唐木市兵衛は凄い男だ。あの男には、到底かなわぬ……」

と、主馬の言葉が消えるように途ぎれた。

「なあに。先生ほどの腕がありゃあ、次は勝ちますよ。勝敗はときの運と言うじゃねえですか。唐木市兵衛だって、いつでも運が味方するとは限りやせんよ。だいたい、郷助の味方についているのが、あっしは気に入らねえ。おや、先生、どうかなさいやしたか」

主馬が足を止め、顔を菅笠に隠すようにして金松へひねった。

「金松、先にいってくれ」

「あ？　そうすか。この道でいいんですけどね」

三

「まったく、人騒がせな話ですね。金があるんだから、初めから払っとけばあんな騒ぎにならずに済んだんだ。どうせ払わなきゃならねえのに、妙な嫌がらせをしやがって。とんだ冷や汗をかかされやした」

「喜十郎は、あの郎党と口裏を合わせ、つけを払わずに済んだら、郎党と山分けにするか、礼をする約束になっていたのだろう。楓屋で遊んだのは何日も前のことだ。日がたって気持ちが冷めると、今さら花代や呑み食いの代金を払うのが惜しくなった。たぶん、父親や兄はお城勤めで留守にしている。多少、荒っぽい扱いをしてもばれない。そこで、郎党に打ち明け一計をたくらんだ」

「それが二本差しの侍のすることですか。てめえが好きなように遊んでおきながら、遊びの後始末はしねえってことですか。なんて野郎だ。あれじゃあ、麦飯の郷助のほうがまだましですぜ」

「身分や衣裳で飾りたてても、人の性根は容易に変えられない。潔《いさぎよ》い者もいれば愚か者もいる。正しきふる舞いをする者も罪を犯す者もいる。侍とて同じだ」

「忘れた。確か、遠い遠い北の国だ」

忘れた？　遠い遠い北の国ってかい。

金松は腹の中で繰りかえし、くすり、と笑った。

主馬は、そのときが近づいているような胸のざわめきを覚えていた。

六本木町の往来から芋洗坂へ折れた。だらだらと長い坂をくだりながら、気のせいだろう、似ている気がしただけだろう、と自分に言い聞かせた。

あり得ないことではないが、永田町のあの往来で、あの刻限に両者がいき合う偶然は万にひとつでしかなく、そんな偶然があり得るはずはなかった。自分にそんな偶然があり得るなら、自分の運命はもっと違うものになっていたはずだ。万にひとつの偶然が自分に起こるはずがない。だから今、自分はここにこうしてある、と主馬は思った。

けれども、もしも万にひとつの偶然が自分に起こったのだとすれば、そのときがきた定めを覚悟しなければならない、とも思った。

「金松さん、それがしは子供がいるのでうちへ戻る。お京さんには、あんたのほうからさっきの顚末《てんまつ》を伝えといてくれ」

「え？　いいんですか。姐さんが待っていると思いやすぜ。ちょいと寄って、軽く一杯やっていきやせんか」

「子供が気になるのでな。女房が戻ってきたら顔を出すよ」

と、金松と別れて住まいの店のある路地へ折れた。路地は子供らが賑やかに遊んでいた。文平を預けた隣の隠居夫婦の店に寄った。するとおかみさんが、少し怪訝な顔つきになって声をひそめて言った。

「あのね、ついさっき、先生の店にお客さんが訪ねてきたよ」

おかみさんは、薄壁一枚を隔てた隣の主馬の店のほうへ目配せした。

「客が？　はて」

「身なりのよさそうなお侍が二人。先生の名を呼んで、戸を乱暴に叩いていたから、あたしが出て、藪下三十郎さんもお津奈さんも出かけてますよって言ったら、いつごろ戻ってくると訊くので、ご亭主は昼すぎには戻ると出かけましたからもうすぐ戻ってくると思いますと教えたんだけどね。そしたら、中で待とうと勝手に入っちゃって。仕方がないので、湯を沸かしてお茶を出したけど、あまり人相はよさそうじゃないね。まずかったかい」

「いいえ、それでいいのです」

主馬は礼を言い、文平を抱いて店に戻った。思ったとおり、客は猪川十郎左と勝田亮之介だった。二人は四畳半にくつろいで坐り、主馬へ無愛想な眼差しを向けた。二人の前の畳におかれている碗を勝田が持ちあげ、「戻ったかい」と言って、碗を音をたててすすった。

「これは、どうも。ここがよくわかりましたね」

主馬は四畳半にあがって二人の前に端座《たんざ》し、ねんねこ半纏にくるんだ文平を傍らに寝かせた。

「ここで少し大人しくしておれよ。父はお客のお相手をせねばならぬのでな」

大きな目で見あげる文平に、主馬は笑いかけた。そしてやおら、破れた菅笠を脱ぎ、腰の刀を抜いて菅笠の上においた。猪川と勝田は、胡坐《あぐら》をかいた恰好を改めもせず、主馬の仕種を冷ややかに見つめていた。

「おぬしの倅か。例の百日咳の」

猪川が品定めをするように文平を見おろした。

「はい。お陰で助かりました。無事、回復いたしました。礼を申します」

「もっと貧乏所帯と思っていたが、こんなあばら家でも、存外小綺麗にしているではないか。隣の婆さんが茶を出した。案外、贅沢をしているのだな」

勝田が冷笑を寄こした。

「好きなもので、貧乏暮らしながら、唯一《ゆいいつ》、茶だけは女房に許してもらっております」

「ふん、飯炊き女の女房が許してくれたかい」

勝田は蔑みの色を目に浮かべた。表の路地を子供らが騒いで走りすぎていった。文平は主馬を見あげ、ああ、ああ、としきりに何か言った。

「貧乏人の餓鬼《がき》どもが、うるさいことだ」

勝田が言った。文平の小さな手が、主馬の指先をにぎった。

主馬は気持ちを抑えて言った。

「ですが、先月は本当に困っていたのです。商売道具のこの刀を売るしかないと思ったとき、あなた方が江戸屋敷にいることを思い出した。不本意ながら、お訪ねした。面目ないと思っています。あの十両で倅は回復し、借りた金をかえせました。刀も売らずに済んだ。まことに、助かりました」

主馬の脳裡に、あの雨の夜の光景が甦《よみがえ》った。「岩海の者か」と、村山景助の言った言葉が主馬の肩にのしかかった。

「ただ、ご用だていただいた十両は幾らも残っておりません。蓄えもないので、おかえしすることはできません」

　主馬は文平から目を離さずに言った。

「十両のとりたてにきたのではない」

「おぬしの一刀流は、役たたずだった。その刀は飾りだったわけだ。どうせ飾りなら、売り払って竹光にして、その代金でもっと上等な茶が飲めるだろう」

　勝田が嘲るのを相手にせず、文平の手が指先をにぎるままにさせていた。

　すると、猪川が小さな紙包みを主馬の前に投げた。ちゃ、と白紙に包んだ金が畳の上で鳴った。主馬は一瞥を投げたが、やはり黙っていた。

「金が要るだろう。登茂田さまのお心遣いだ。暮らしの足しにしろ」

「猪川さま、それがしはこの金は受けとれません。身分の低い者ではあっても、武芸は引けはとらぬ、剣では誰にも負けぬと、国の道場では思っておりました。しかし、それがしは真剣で他人と斬り合ったことはなかった。先だっての夜、村山景助どのと真剣をまじえたあのとき、わかったのです。それがしに人は斬れない。今さら、善人ぶるつもりはありません。ただ、恐いのですよ。臆病なのですよ。四十一歳にして、気の利かぬ愚かな自分の性根を、またひとつ、思い知らされました。それがしには無理だ。ですから、この金をいただくわけにはまいりません」

「ふふん、相変わらず貧乏性だな。人を斬るための砥代と思ったか。だから言ったろう。登茂田さまのお心遣いだと。心配するな。おぬしの性根はもうわかっておる。ありがたく、とれ」

「なまじいに剣術などやらず、商人にでもなっておればよかったな」

「ほどほどにしろ、勝田」

しつこくからむ勝田を、猪川はたしなめた。

「でな、主馬。数日前、国元より目付が遣わされた。村山景助の一件の調べの役目を仰せつかったのだ。家中の者は何を差しおいても目付の調べに助勢し、村山景助斬殺の事情を明らかにし、断固たる始末をつけるべし、という国元の殿さまの直々の書状を携えてだ」

主馬は文平ばかりを見ている。

「われらがきたのはどういうことか、わかるな。おぬしが江戸にいることは家中の者は誰も知らぬし、知られてもならん。万が一、おぬしの居どころが目付に知られれば、間違いなく十一年前の欠け落ちの罪で捕えられ、国元に送られ、厳しい詮議のうえ、斬首になるだろう」

「だから、先だってのごとくに、のこのこと上屋敷に顔を出すような間抜けな真似はするなと、ご忠告に見えられたのですか」

主馬は文平から目を離さず言った。

「そうだ。おぬしが捕えられれば、飯炊きの愛しい女房にも可愛い倅にも、二度と会えなくなる。しかも、女房は罪人の妻、倅は罪人の子だ」

勝田が、かすかな含み笑いを主馬に投げた。

「そうですな。それがしが捕えられれば、勝田さまも無事では済みますまいな。打ち首獄門、お家改易。もしかしたら国元のご長男は切腹を申しつけられるかもしれませんな」

主馬がひと睨みすると、勝田はぐっと息をつめた。

「みなそれがしと一緒ですぞ。登茂田さまも猪川さまも。勝田さま、そうなれば三途《さんず》の川を渡るのはひとりではありませんから、寂しくはないでしょう」

「主馬よ、考えてみろ。おぬしひとりの身ではなかろう。女房と倅は元より、われらがいなくなれば、国元の両親や妹の食い扶持は誰が世話をする。年老いた両親と妹を、路頭に迷わすことになるのだぞ。十一年前、罪をひとりでかぶって欠け落ちしたおぬしへの恩義を、忘れておらぬ。最良とは言わぬが、おぬしが罪をかぶって欠け落ちすることが、みなにとってよりましな手だてと、みなで談合した末に決めた手だてではないか。おぬしもそれでよいと、決めただろう」

猪川が声をいっそうひそめた。

「先だっても登茂田さまが言われた。われらが生きのびておる限り、戸倉家再興の道も残っているのだ。今は大人しくして、犬が嗅ぎ廻るのをやりすごせばい い。登茂田さまを中心に、おぬしを加えてわれら四人。それに蔵元の楢崎屋嶺次郎と掛屋の松前屋伝左衛門もわれらの仲間だ。よいか。楢崎屋も松前屋も、わが南城家にどれほどの金を貸しておると思う。十万両を超えておる。それほどの借金のある商人に、いかに殿さまのお墨つきがあったとしても、所詮は田舎侍の目付ごときに探索の手が入れられると思うか。あの男は、きれ者と言われ殿さまのお気に入りを後ろ盾にしているが、江戸の蔵屋敷の実情など、何ひとつわかっておらぬ。すぐに尻尾を巻いて国元へ帰るだけだ」

「目付は、どなたですか」

主馬はまた、文平に目を戻した。

「志布木時右衛門という男だ。若いころから、おのれの頭のよさを鼻にかけている嫌みなやつらしい。われらと同じ年ごろで、われらがまだ国元にいたころ、殿さまに気に入られて目付役に就いたという噂があった」

「志布木時右衛門さま、ですか……」

主馬はぽつりと言った。

「おぬし、志布木を知っているのか」

「お名前を聞いたことが、あるだけです。志布木さまは高知衆ですから、それがしのような身分の低い者と知り合う機会など、ありません。しかし、若衆のころから志布木さまの噂は耳にしておりました。きれ者と。きれ者の志布木さまが村山景助どのの一件の探索に、国元から出府なされたのですか。これは容易なことではありませんな」

猪川と勝田は、何か様子の変わった主馬を、不審そうに見つめていた。


その夜、主馬は眠れなかった。暗闇は深い静寂に包まれ、隣の布団に寝ているお津奈と文平の寝息が、まるで夜の吐息のように聞こえていた。だいぶ前に、犬の長吠えが青山のほうの夜空を流れた。しばらくして、東の芝口《しばぐち》のほうで打ち鳴らされる半鐘の小さな音が聞こえた。

あれなら遠い、と主馬はぼんやりと思った。

犬の長吠えも半鐘も、今は静まっていた。主馬は再び訪れた静けさの中で、おのれの身が暗がりに溶けていきそうに感じていた。布団の中から、古びた割長屋の黒い天井裏を長い間ぼうっと見あげていた。するると、目が闇にだんだんと慣れて、天井裏の黒色の中に濁った泥のような色の梁《はり》が、かすかに浮かんで見えてきた。

時右衛門に間違いない、と主馬は繰りかえし思った。昼間、永田町の往来であの黒塗り笠の侍を前方に認めたとき、即座にあれは時右衛門ではないか、と思った。そして即座に、まさか、あり得ぬ、と思いなおした。

束の間のことだった。若き日の時右衛門の姿がありありと甦った。自分の若い日々が甦るように、それは甦った。

あり得ぬ、と主馬は言い聞かせ、金松を先にいかせた。

菅笠を目深にして、近づいてくる侍に顔を隠した。侍といき違うとき、

「主馬」

と、呼びかけられることを恐れ、怯《おび》えた。冷や汗が背中を流れた。

しかし、あれは時右衛門に間違いなかった。時右衛門が出府している。なんたることだ。生き恥をさらした自分を罰するために、時右衛門は江戸にきた。あり

得ぬことはあり得ぬままにしておかねばならない。見たくないもの、見てはならないものから目をそらして生きてきた。そうやって生き恥をさらし、不覚にも長く生きすぎてしまったのだと、主馬は気づいていた。

暗闇の中に聞こえるお津奈と文平の寝息がせつなかった。目には見えない二人の身体の温もりが哀れだった。どうする主馬、と問いながら一歩も先へ進まぬ思いがもどかしかった。思いあぐねて、疲れを覚えた。

と、文平が目を覚まして泣き出した。お津奈のやわらかな声が文平をあやし、布団から出て、文平のおしめを換えた。

「明かりをつけるか」

主馬はお津奈の影に声をかけた。

「いいの。もったいないし」

お津奈がこたえ、文平に乳を含ませた。文平が泣き止み、文平の乳を吸う小さな音がした。

「寒くはないか」

「半纏を着てるから大丈夫」

ふむ、と主馬はまた天井裏の闇を仰いだ。すると、お津奈が訊いた。

「眠れないの」

「目が冴えてな。なぜかな」

「何度も、ため息をついていた」

「おこしたか。済まん」

「昼間、お侍のお客さんがきたんでしょう。誰なの」

「聞いたのか」

「ええ」

お津奈の影が少しゆれた。

「古い知り合いだ。ずっと前からの、おまえと夫婦になるよりずっと古い……」

「どこの国の、お侍さんなの」

「たぶん、遠い北の国だ」

「あんたも、遠い北の国なの？」

「それがしは江戸生まれの、江戸っ子さ」

主馬は戯れて言ったが、お津奈は戯れてはいなかった。

「江戸で生まれ育った者は、江戸っ子なんて言わないよ。神田の子は神田っ子、芝の子は芝っ子。わたしは麻布っ子だからね」

「そうか。そういうものか。ならばそれがしは……」

主馬はそこで口を閉ざした。

四

十月の半ばがすぎたころみぞれが降るほどの寒い日があり、そのあと、また秋を思わせる陽気に戻った。

その朝、外櫻田の上屋敷を出た志布木時右衛門は、潮見坂をあがり、裏霞ヶ関から永田町をへて、平川天神前の三軒屋へ差しかかった。供は挟み箱をかついだ上屋敷の中間がひとりである。

出府ののちの時右衛門は、ほぼ毎日、蔵方の村山景助が蔵役人として勤めていた麴町一丁目の楢崎屋に通い、村山景助の一件の調べを続けた。今は麴町四丁目の掛屋・松前屋へ出入りして調べている。

三軒屋の往来は、麴町に出る通い道だった。

平川天神の鳥居の前まできたとき、時右衛門は供の中間へふり向き、「参拝していこう」と、のどかに言った。「はい」と中間はかえし、時右衛門に従って鳥居をくぐった。

江戸の一季雇いの奉公人だった中間は、南城家目付役の志布木時右衛門の供を言いつけられてまだ六日目ながら、国元の岩海より出府したばかりの時右衛門の勤勉さに感心していた。そのため、仕事先へ向かう前に、時右衛門がいきなり平川天神に参拝していくと言い出したのが意外だった。

そうか、ほぼ毎日通るのに一度もお参りをしていなかったかな、という考えが中間の脳裡をよぎった。

鳥居をくぐった短い参道の両側に休み処の茶屋や煎餅《せんべい》屋、土産物《みやげもの》の店が並び、すぐに石段をのぼった先に平川天神の社殿がある。朝のまだ早い刻限のため、参詣客の姿は、時右衛門と中間のほかになかった。

茶屋の明かりとりから白い煙が、ゆらゆらとのぼっていた。雀《すずめ》が社殿の屋根の上で戯れるように鳴き騒いでいた。

型どおりに参拝を済ませてから、また石段をおりて鳥居のほうへ戻る途中の、半暖簾をさげた茶屋の前までくると、時右衛門は、「茶を飲んでいこう」と言った。そして、中間が返事をする前に、朝の日が降りかかる明るい草色の暖簾を払って軒をくぐった。

茶屋は座敷の部屋と落ち間があって、落ち間の竈にかけた鑵子《かんす》がゆるやかに湯気をのぼらせていた。そこにもまだ客の姿はなく、朱の前垂れの小女が、「おいでなさい」と幼い声をはずませた。

時右衛門は「坐れ」と中間に言って、自分も毛氈《もうせん》を敷いた長腰掛に中間と並んでかけた。長腰掛にかけた二人には、両開きにした障子戸の先に参道と向かいの土産物の店が見えていた。

薄紅の襷《たすき》をかけた女が、店先の棚に売り物を並べている様子が見える。日射しを受けた暖簾が明るく輝いていた。

小女に茶を言いつけただけで、時右衛門は黒塗りの笠もとらずに黙って参道のほうを見ている。中間は気になって、

「よろしいのですか、志布木さま」

と、訊いた。

「いいのだ」

時右衛門は、鼻筋の通った横顔をかすかにゆるませた。

薄い湯気のたつ煎茶が運ばれてきた。時右衛門はゆっくりと碗を持ちあげ、煎茶を一服した。それから、やおら言った。

「わたしが戻るまで、ここで待っておれ」

「は？」

中間が訊きかえしたときは、時右衛門はすでに立ちあがっていた。

「どちらへ？」

時右衛門はそれにはこたえず、刀を腰に差しながら言った。

「ときがかかると思う。餅を頼め」

中間は時右衛門が茶屋から参道へ出て、社殿のほうへゆくのを障子戸のそばまできて見送った。暖簾を分け、時右衛門の後ろ姿を目で追ったとき、時右衛門の前方の天神の石段を、今ひとり、菅笠の侍がのぼっているのを認めた。

侍は鈍色の着物に茶の半袴の、質素というより貧しげな身なりに見えた。羽織はまとわず、菅笠が破れているのがわかった。侍は石段の上のほうを気にかけ、参道の時右衛門に気づいていなかった。

時右衛門は足早に石段の下へ歩んだ。石段の下から、

「主馬」

と、呼びかけた。

ふりかえった侍の菅笠の下に、無精髭が見えた。

侍は歩みを止め、黙って時右衛門が近づくのを待っていた。親しげに声をかけ合うのではなく、と言って、拒むのでもなく、二人は数段をおいて向き合った。

主馬？　誰だい、と中間は訝った。

すると、主馬と呼ばれた侍は、何も言わぬまま踵をかえして石段をゆっくりとのぼってゆき、時右衛門がその後ろに従った。

主馬は社殿の手前で歩みを止め、後ろから石段をのぼって石畳に草履を鳴らす時右衛門の、凜々《りり》しい姿に目を細めた。朝のまだ青い日射しが、時右衛門の黒塗りの笠を光らせていた。

二人は数間をおいて対峙した。

「主馬、久しぶりだ。息災だったか」

時右衛門の感慨のこもった言葉が、主馬の身に刺さった。

「それがしだと、よくわかったな」

わざとすげなく言った。

「三日前、永田町の往来で主馬とすれ違った。笠の下に顔が隠れていたため、確かにはわからなかった。だが、主馬ではないかと思った」

「意外だった。時右衛門といき違うとは、思わなかった。南城家の家臣なのだから、江戸詰めになってもおかしくないのにな。二度と、時右衛門と会うことはないと、思っていたからかな」

「やはり、主馬も気づいていたのか。声をかけ……」

時右衛門は口を閉ざした。

「岩海を欠け落ちしたのは三十歳の夏の初めだった。あれから丸十一年がすぎ、足かけ十二年になる。年が明ければ四十二歳だ。老いぼれた。こんなみすぼらしい風体なのに、それでもそれがしだとわかったか」

「同い年なのだから、老いぼれたのはわたしも同じだ。歳をとっても、若いころの面影は、そのまま残っている。童《わらし》のころに一緒に道場に通った主馬の姿が、ありありと甦ってくる」

「時右衛門は若い。十一年もすぎたとは思えないくらいだ。肌に艶があり、身体つきも若侍のときのように精悍なままだ」

「威厳がないのだ。朋輩によくからかわれる」

「そんなことがあるものか。時右衛門は若いころからきれ者と言われていた。そのきれ者に、歳を重ねて深い重厚さが備わってきている。時右衛門、本当に立派になった。時右衛門には、剣の腕も、頭のよさも、家柄も、侍の心がまえも、風貌も、何ひとつかなわなかった。みなが一目おく時右衛門と友だちづき合いをしているこことが、それがしには自慢だった」

「買いかぶりはよせ。主馬は神武館《しんぶかん》道場の若手の中で随一《ずいいち》の腕前と、誰もが認めていた。しかし、主馬はわたしと試合稽古をするとき、いつも手加減していた。いつでも勝てるのに、わざと負けたりした。わたしは主馬を追いこすことを目指して、剣術に励んだのだ」

「馬鹿な。試合稽古で時右衛門に手加減をしたことはない。手加減をしていると見えたのは、それがしの未熟さがそう見えたのだ。それも時右衛門らしい。人の未熟さを、手加減などと気遣って言うところがな。時右衛門といると、身分の違いに気おくれを覚えつつ、なぜか気が楽で身分の差を忘れた」

「わたしもそうだ、主馬。おぬしと道場で竹刀をふらふらになるまで叩き合ったあと、あんなことがあったこんなことがあったと、暗くなるまで他愛もない話を主馬とするときが楽しくて飽きることがなかった。戻り道の掛茶屋に寄り道し、味噌煎餅を食いながら話しただろう。どうしてあれほど話すことがあったのか、話したことは殆ど覚えていないのに、楽しかった覚えだけは残っている」

「よせ。子供だったのだ。今さらつまらぬ。それがしには小遣いがなかった。道場の戻りに掛茶屋へ誘われて、味噌煎餅を時右衛門におごってもらうのが、じつは心苦しかった。心苦しくても、味噌煎餅は食いたかったし、それに何にもまして時右衛門と一緒にいるのが楽しかったからだ」

　時右衛門は主馬を少し悲しげに見つめ、沈黙をおいた。

「それに主馬は、算勘ができた。加減も乗法《じょうほう》も除法《じょほう》も、主馬はすべて諳《そら》んじてできた。わたしは到底、主馬にかなわなかった」

「なまじいに算勘ができたから、蔵方に就いた。父も母も喜んだ。妹も自慢の兄と思ってくれた。自分にも、少しは将来が開けると思った。それがこの様だ。見る影もない」

　主馬は菅笠をあげ、朝の空を見あげた。社殿の屋根で騒ぐ雀が数羽、日の燦々《さんさん》とふる石畳に忙しなく舞いおりて、何かをついばんでいた。

「時右衛門、永田町でそれがしを見かけたのに、なぜ捕縛しようとしなかった。なぜ見逃した」

　主馬は空へ顔を投げたまま言った。

「主馬を捕えるつもりなどない。今もそうだ。国元で、戸倉主馬の名を覚えている者は少ない。何をやったかもだ。もう、十年以上がすぎた。それでよい」

主馬は目を伏せた。

「一昨日から、誰かにつけられている気配がした。戸倉主馬だとわかって、驚いた。少し胸が躍った。主馬が声をかけてくるのを待っていた。今朝、もしも主馬がまだつけていたなら、こちらから声をかけると決めていた」

「気づいていたか。やはり敏《さと》いな。こっちが隙だらけなだけか。情けない」

「主馬、わたしに用か」

「面目ないと思っているが、古き友の情けにすがって訊ねたいことがある。時右衛門、教えてほしいのだ」

「昨夜は、主馬と会えたなら何を話そうと考えて、気が昂ぶってなかなか寝つけなかった。よかろう。わたしに訊きたいことがあるならそれを訊け。古き友としてこたえよう。主馬の訊きたいことを訊け」

主馬は伏せた目をあげ、時右衛門へ向けた。朝の光が、主馬と時右衛門の間に二人を隔てるように降っていた。その光の中で、雀がさえずりながら石畳の上で何かをついばんでいる。

「岩海に残したわが父母と妹の身のうえだ」

と、主馬は言った。時右衛門は身動きひとつしなかった。

「十一年前、それがしは南城家を欠け落ちし、首を落とされても仕方のない不忠者となった。罪を犯して父母や妹の恩愛を踏みにじり、父母や妹を捨てて逃げた。言いわけをするのではないが、身は逃れても心は逃げられぬ。年老いた父母と妹が、罪深い倅のせいで、兄のせいでどれほど肩身の狭い思いをしてきたかと、それを思うだけで怖気《おぞけ》だつ。わが父母と妹は、今どのように暮らしている。時右衛門、教えてくれ」

「知らぬのか」

主馬は時右衛門を睨み、束の間、沈黙した。

「知らぬ。それがしは腹をきるべきだった。腹をきって死んで詫びるべきだった。だが、死ねなかった。江戸で十一年を暮らし、生き恥をさらした。今は、麻布の藪下という岡場所の用心棒稼業だ。藪下三十郎と名乗っている。国を出てから、南城家の江戸屋敷に近づいたことはない。国元の父母や妹と音信を交わしたこともない。それが……」

「それがどうした。それが誰かと交わした約束なのか」

時右衛門の問いにはこたえず、なおも言った。

「知らぬのだ。わが父母と妹のことを、教えてくれ。時右衛門、情けだ」

ときが止まったかのように、二人は沈黙をおいた。やがて時右衛門は、静かな口調で言い始めた。

「主馬が欠け落ちをしてから、岩海鉄器専売の不正の罪で、戸倉家は改易になった。もし、主馬に倅がいたなら、倅は縁者に預けられ、成人ののちに切腹を申しつけられたかもしれぬ。あの一件は、主馬ひとりでやったこととは思えぬ。だが、主馬がいっさいを包み隠して欠け落ちしたため、明らかなことは主馬の罪だけで、一件の真偽は今なお不明のままだ。今では、主馬がひとりでやった不正のように思われている。改易になって、戸倉家は組屋敷を追われ、北上川《きたかみがわ》沿いの材《ざい》木《もく》町の裏店に引きこもった。妹の貢どのが端女奉公をして、ご両親との親子暮らしを支えていたと思われる」

「貢が、端女奉公をして父と母の？」

「そうだ。材木町の裏店に引きこもってすぐに働き始めたと聞いている。暮らしの方便を失い、貢どのが働かなければならなかった。だが、女の身にはただでも働き場が少ないのに、主馬の欠け落ちは城下に知れわたっていたため、主馬の縁者という目で見られ、思うように働き口は見つからなかった。ようやく見つかった働き先が、町内の材木問屋の端女奉公だった」

主馬の眼差しが、宙を空ろに彷徨っていた。時右衛門は、主馬の様子を見守りつつ続けた。

「厳しい暮らしだったに違いない。おそらく、日々の糧《かて》にも窮するほどのだ。しかも、主馬が姿を消してから、お父上の博助《ひろすけ》どのの落胆ぶりは相当なもので、急に弱っていかれたようだ」

「父の様子を見たのか」

「二度、材木町の裏店を訪ねた。一度目は、主馬が国を出てから三月《みつき》がたったころだった。裏店というより、ある商家が使っていた古い物置の土蔵だった。自分たちの境遇を憐れんでくれ、使わなくなったので住まわせてもらっていると、博助どのとお会いして聞いた。博助どのは寝こんではおられなかったが、ひどく痩せて具合が悪く見えた。それでも、気丈に言っておられた。倅の不埒なるふる舞いに本来ならば自分が腹をきって殿さまにお詫びせねばならぬところだが、倅が犯した罪を償わず欠け落ちした意図《いと》がどうしても解せぬ。無実の罪とは言わぬ。ただ、倅は自分の犯した罪も償わぬ子だったのか、自慢だった倅がなぜそのような者になったのか、倅自身の言葉を聞くまで、それでも侍かと倅に言うまで、無念で死にきれぬと」

主馬は、気持ちを鎮めるため、ゆるやかに大きく呼吸を繰りかえした。

「二度目は六年前だった。博助どのが寝たきりになっておられると、聞いたからだ。貢どのが働きに出られ、お母上が看病しておられた。わたしが見舞いに訪ねても、誰かもわからぬ様子だった。お母上と話した。主馬からの音信はいっさいないと言っておられた。なぜだ、主馬。人を介してでも、ひそかに便りをするぐらいはできたはずだ。友のわたしに伝言もできなかったのか。ひそかに便りすらしなかった理由が、あったのか」

「それができるなら、やっていた。ち、父はどうなった」

「それから二月ほどして、亡くなられた知らせを受けた。知らせを受けたのは、貢どのとお母上の二人でひっそりと葬《ほうむ》られたあとだった。眠るように静かに逝《い》かれた、苦しまなかったことだけが救いですと、貢どのは言っていた」

そのとき、主馬の無精髭から一滴の雫《しずく》が落ちたのが見えた。菅笠の下の横顔が何かと向き合うかのように、宙の一点に止まっていた。

「それから一年と半年後、貢どのとお母上が亡くなられた。貢どのがお母上を脇差で刺し、自ら喉を突かれた。あの暮らしの中で、脇差だけは売り払わずに持っておられた。まるで、そのときに使うためのようにだ。店は血の海のごとくだったと聞いた。博助どのが亡くなってからすぐに、お母上は自分がわからなくなっていった。城下や外村をさ迷い歩き、貢どのが勤め口から慌てて戻って探し廻っているところが、たびたび見られたそうだ。だが、そのころはお母上が迷っている町や村の住人が連れて戻ったりして、なんとかしのげた。けれど、お母上が動けなくなり、貢どのがつききりの世話をしなければならなくなってからは、貢どのは働きに出ることさえできなくなった。二人は、近所の住人の手助けでかろうじて食いつなぐあり様だったらしい」

主馬の肩が波打っていた。吐息のような声が絞り出された。石畳をついばんでいた雀がその声に気づき、飛びたった。

「主馬、大丈夫か」

「続けてくれ」

と、主馬は涙を呑みこみ言った。

「貢どのが書き残した物は何も残っていない。もはやこれまでと、貢どのは思ったのだろう。おそらく、貢どののみならずご両親も待っていたのではないか。おぬしが、父母と妹を捨て国を捨てた、そうせざるを得なかった言いわけを、知らせてくるのをだ。それを、主馬の口から聞きたかったのではないか。血を分けた親子兄妹なのだからな。それを聞けば、新しい出発が残された者にもできたかもしれない。だが、両親も妹も身を寄せる岸辺のない川へ投げ出されたようなあり様だった。ただただ、流れ去っていくだけの川に投げ出された……」

なぜかと言えば――と、時右衛門は続けた。

「一度目に訪ねた折り、博助どのに少々の支援を申し入れた。博助どのは丁寧に礼を述べられたうえで断られた。われらは今、倅の不届きなるふる舞いによって殿さまより罰を受けておる。武士ならばこそ受けなければならぬ罰である。武士の身分は失っても、われらは武士の家の者である。今、憐れみの支援を受けることは、愚かな倅同様、武士にあるまじきふる舞いをすることになる。何とぞ、いっさいわが家におかまいくださるな、と博助どのは言われた」

時右衛門は束の間をおき、なおも言った。

「博助どのが亡くなられた知らせを受けて、訪ねたときもそうだった。貢どのに改めて支援を申し入れた。その折りも、貢どのは、父の決めたことに従うのみです、つらくみじめになるだけですから、もう訪ねてくださいますなと言われた。それが最後だった。今から思えば、あのとき貢どのはもう覚悟をしていたのかもしれない。そう思えてならぬ。主馬、十一年前、おぬしのふる舞いが違っていたら、ご両親にも貢どのにも、違う命があったとは、思わぬか」

主馬は沈黙の殻に閉じこもっていた。無精髭からしたたる雫が、素足につけた草履の下の石畳を濡らしていた。やがて、沈黙の殻がひび割れてにじみ出るような、吐息で喉を鳴らすようなかすかなうめきが、朝の光を震わせた。主馬はうめきながら、言葉を絞り出した。

「父も母も、妹も、生きていると、思っていた。生きてさえいればと、思っていた……」

それは低く静かな嗚咽になった。主馬のすぼめた肩は小刻みにゆれ、両手は袴をにぎり締めて震えていた。

膝がくずれ落ちそうになるのを、主馬は必死に堪えていた。

参拝するため石段をあがってきた母親と子供が、主馬の様子に訝しげな一瞥を寄こした。「泣いてるよ」と、子供が不思議そうに母親に言った。子供連れが消え、境内の社殿の前は再び飛び交う雀と主馬と時右衛門の二人だけに戻った。

そうして、悔恨と激しい胸の痛みのときがすぎた。

主馬は呆然と佇んでいた。無精髭からしたたり落ちた涙は涸《か》れ、震えは収まっていた。主馬の眼差しが、空を見あげて泳いだ。

「藪下三十郎で、暮らしていくつもりか」

時右衛門が訊ねたが、主馬はこたえなかった。ただ、長いため息を吐いたばかりだった。

「わたしは今、ある役目に就いている。その役目のために出府し、役目が終われば岩海へ帰る。主馬、つれないことを言うのを許してくれ。再び、わたしに近づいてはならぬ。わが友であっても次はない。次は主馬を捕えねばならぬ。捕えられれば、主馬の死罪はまぬがれぬ」

すると、主馬の横顔が吐息とともに言った。

「沙織《さおり》どのは息災か」

時右衛門は、一瞬、戸惑った。

「息災だ。子が三人おる。男児二人に、娘がひとりだ」

「それがしにも、子ができた。四十一になって男児の親になった」

「そうか。妻を娶《めと》っていたのか。倅がいるのか。それはめでたい」

「岡場所の用心棒の倅が、めでたいか。名を騙《かた》って生きねばならぬ男の倅だぞ」

時右衛門は、主馬を見守った。

「二十六歳のときだったな。時右衛門と沙織どのが祝言をあげた。沙織どのは美しく聡明で、家柄もよく、城下でいき違ったときなど、それがしはまぶしくて目も合わせられなかった。沙織どののような方は一体どういう家に嫁ぐのだろうと、虚しく推量した。沙織どのが時右衛門に嫁ぐと知ったとき、もっともだ、と思った。双方ともに見目麗《みめうるわ》しく、身分家柄はよく、人もうらやむ、おぬしらはまさに似合いの夫婦だった」

主馬は草履を、ず、と鳴らした。

「あの夜、披露の宴に唯一平士のそれがしが招かれた。それがしは、高知衆のお歴々と並んだ席から時右衛門と沙織どのを眺め、つくづく思った。時右衛門はこれからますます出世し、志布木家はいっそう栄えていくのだなと。宴が果て、高知衆の役宅の並ぶ大手門前のお屋敷地から平士の組屋敷へ戻る道々、それがしはなおも思い続けた。いかに剣術の腕がたち、算勘ができ、お家にどれほどの忠義をつくして仕えても、それがしは時右衛門の足下にもいけぬのだと、改めて思い知った。うらやましかったのではないぞ」

と、菅笠の下に赤く潤んだ目を隠し、主馬は時右衛門へ真っすぐに向いた。

「それは、夜道がつらなり、店が軒を並べ、彼方に黒い山影が見え、星が輝き、木々がそよぎ、川が流れ、石が転がり、人々がまことに小さな暮らしを営む、まぎれもないその世界と同じ実事なのだなと、この世は無常だとしても、無常も手に負えぬ実事があるのだなと思った。つらくも悲しくも虚しくもなかった。ただただ、それがしなどには手に負えぬ夢ではない実事が、この世は粛々《しゆくしゆく》と続いていくのだと思った」

沈黙が訪れた。朝の青い日射しが次第に高くなり、白い光に変わっていた。

「ある日、お城の蔵に運びこまれる蔵物の帳簿をつけていたとき、帳簿に書き入れる数量を少し違《たが》えれば、誰も気づかぬほどの数量に書き替えれば、何がしかの小遣いになることに気づいた。時右衛門、不正はむずかしくない。誰にでもすぐにできる。それを続けていれば、いつかは露顕《ろけん》すると誰にでもすぐわかる。必ず上手くいくと自分に言い聞かせながら、疑っている。何かが背中を押して、人は突き動かされるのだ。あのときそれがしは、時右衛門と沙織どのの婚礼の宴を思い出していた。夢ではない手に負えぬ実事がこの世は粛々と続いていくと、思っていた。許せ、時右衛門。それがしは不正に手を染めたのだ」

「それ以上言うな。十一年前に発覚したあの不正は、おぬしひとりでできることではない。主馬、もうよい。何も話さず、いけ。倅のために、生きのびよ。父と母と妹の無残な死の負い目に耐えて、生きのびよ。南城家にも二度と近づくな。戸倉主馬とわかれば、南城家の者はおぬしを捕えねばならぬ」

時右衛門が、激しく言った。

主馬は、時右衛門を睨み動かなかった。自分が先に、この場を去りたくはなかった。時右衛門とこれで最後になることを、はっきりと覚《さと》っていた。意地ではなかった。名残惜しかった。よき友だった。

「時右衛門、わが妻は馬喰らが定宿にしている平旅籠の飯炊き女だ。情が深く、それがしのような男を憐れんで女房になった。そして、倅を産んでくれた。わが女房をおぬしに会わせたいし、倅も見せたい。残念ながら、もうその機会はない。おぬしとは二度と会わぬだろう。ただ、もしもどこかで偶然、わが女房と倅に会う折りがあったなら、どうか、ひと言でも情けある言葉をかけてやってくれ。今ひとつ、いつ、どのようにして、とは定かに言えぬ。だが、それがしが時右衛門に伝えたいこと、いや、伝えなければならぬことは、必ず伝える。必ずだ。それまで、今少しときをくれ。さらばだ、わが友」

主馬は身をひるがえした。

社殿前の境内から、三軒屋の往来のほうではない東側の往来へおりる石段があった。主馬はその石段を、逃げるように走りおりていった。

時右衛門は、主馬の姿が石段の下に姿を消すまで動かなかった。

五

その夕刻、主馬は深川油堀の北堤を、佐賀町のほうから堀川町の方角へ急ぎ足にとっていた。

西の空の茜色は消えてあたりは暮れなずみ、人影も見分けられなかった。

主馬のゆく堤道に沿って油堀の黒い川筋が横たわり、川端のそこここの店にぽつんぽつんと灯る町明かりが、水面に侘《わ》びしげな光を落としていた。風はなかった。だが、日が落ちてから寒気が一段と厳しくなっていた。

あれか……

主馬は破れた菅笠を持ちあげて呟いた。暗い道の先に赤い軒提灯が灯され、こぼれる明かりが道のそこだけを小さく照らしているのを見つけた。道にこぼれる小さな明かりにからみつくように、犬が乾いた声で吠えていた。

赤提灯に近づくにつれ、軒にさげた縄暖簾ごしに《飯酒処　喜楽亭》の筆文字が腰高の油障子に読めた。麻布の宮村町を出たときは、まだ明るかった。芝をへてひたすら北へとり、永代橋《えいたいばし》を深川へ渡ったころ、日が暮れた。

道は知っていたものの、思っていた以上に道程があった。長く早足に歩いたせいで、寒気の中でも身体が火照《ほて》っていた。

主馬が喜楽亭の油障子を引いた途端、二卓ある卓のひとつを囲んでいた客の笑い声がどっとあがった。茶色い毛並みの痩せた柴犬が気づき、尻尾をふって主馬の足下に近づいた。

客なのか違うのか、と訝しむように首をかしげて主馬を見あげた。

店土間を棚で仕きった奥の調理場から、向こう鉢巻きの亭主が顔を出した。

「ひとりかい」

亭主は無愛想に言った。向こう鉢巻きの月代の上に白髪まじりの小さな髷がちょこんと乗り、だいぶ年配に見えた。

「ひとりですが、じつはこちらに人を訪ねてきたのです」

菅笠をとって月代と無精髭ののびた顔を見せた途端、痩せ犬が吠えた。

「お客に吠えちゃならねえ」

亭主が痩せ犬をたしなめ、主馬に言った。

「うちはおらがひとりでやっている一膳飯屋だが、お客に用かね」

「はい。こちらの……」

主馬は、卓を囲んだ五人の客へ向いた。五人の客は笑い顔のまま、戸口に立った主馬を眺めているが、中のひとりが醬油樽の腰掛から腰をあげ、

「藪下さん、ようこそ。どうぞこちらへ」

と、主馬を手招いた。

「唐木さん。ああ、お会いできてよかった」

主馬は市兵衛に辞宜をした。

「先生、ひとつつめてください」

市兵衛は宗秀に言い、「おお、わかった」と宗秀は隣の腰掛に移った。

「さあ、藪下さん。ここへ」

市兵衛は戸口に立ったままの主馬に勧めた。主馬は少しためらいつつ、勧められるままに卓のそばへ近づいた。居候が主馬の足下から離れず、まだ訝しそうに見あげていた。

「こちらでなければ、雉子町の八郎店に唐木さんをお訪ねするつもりでした。ここで会えてよかった」

「そうでしたか。みなさん、こちらは麻布宮村町の藪下三十郎さんです」

「藪下三十郎です。まことに妙な廻り合わせにより、唐木市兵衛さんの知遇《ちぐう》を得ました。よろしく、お見知りおきを」

主馬は卓を囲む客へ頭を垂れた。

「おう、あんたが藪下三十郎さんかい。市兵衛から藪下さんの噂はうかがってるよ。こっちのほうが一刀流で、だいぶ使えるそうだね」

渋井が笑顔をはじけさせ、ぽんぽん、と黒羽織の袖の上から腕を叩いて見せた。

「お恥ずかしい。唐木さんにはまるで歯がたちませんでした。大海を知らぬ田舎剣法の未熟者です」

「なあに。市兵衛と比べちゃいけねえ。この男の風の剣は、御仏《みほとけ》が後ろ盾だからね。強いわけさ。なあ、市兵衛」

渋井がからかい、みながにやにやしながら頷いた。

「こちらは北町奉行所定町廻り方同心の渋井鬼三次さんです」

「もしかすると、あなたがあの評判の高い鬼しぶと呼ばれ、恐れられているお役人ですか」

「そのとおり。いい評判じゃねえのはわかっているが、じつはおれは鬼しぶの綽名が気に入っているんだよ。いいねえ。おれと顔を合わせると、闇の鬼も渋面になるっていうから鬼しぶさ。あはは」

「いいえ。確かに悪くいう者もおりますが、鬼しぶは凄腕のきれ者だと、藪下の若い者の中にも言う者が少なからずおります」

「藪下さん、先だっての藪下と麦飯のもめた一件で、郷助の代人でお京さんの店にうかがったのは、渋井さんに言われたからなのです」

渋井が身を乗り出した。

「そうなんだよ。初めはおれにきた頼み事なんだが、いかに御免同様とは言え、町方がご禁制の岡場所同士のもめ事の仲裁に入るってえのは具合が悪い。そこで市兵衛の力を借りたってわけさ。だけど、市兵衛は算盤が得意だからね。ぱちぱちと算盤をはじいて、損得勘定で人を説き伏せる。損得勘定に嘘はねえし、誰でもが納得できる。両者が納得したうえでかけ合いに応ずるから、上手く運ばねえわけがねえ。二、三日前もたまたま麦飯の郷助のところへ顔を出したら、麦飯を逃げ出してもめ事のきっかけになった例の三人の女、ええっと」

「おみねとおそよとおひなです」

助弥の隣の蓮蔵が言った。

「そうだ、おみねとそのなんとかの三人だ。その女どもが麦飯の女郎屋で機嫌よく勤めているっていうから、おれは感心した。さすがだ。市兵衛のとり持ちがどんなに手ぎわがよかったか、女どもを見りゃあわかる。市兵衛に任せてよかったぜ。なあ助弥」

「そう思いやす。蓮蔵、おめえもそう思うだろう」

「へい、思いますとも。藪下の先生、先だってはどうも」

蓮蔵が小太りの身体をすくめ、にいっ、と主馬へ笑いかけた。

「やあ、蓮蔵さん。こちらこそ先だっては、市兵衛さんと蓮蔵さんに世話になった。お陰でそれがしも顔が立った。感謝している」

「なあに、礼なんていりませんよ。なんかあったら、またいつでも言ってください。なんだってご相談にのりますから」

「馬鹿野郎。おめえの手柄みてえに言うんじゃねえ。市兵衛さんのお手柄だろう」

「そりゃそうですよ。市兵衛さんとあっしの手柄ですよ。ねえ市兵衛さん」

「応えねえ野郎だな」

助弥が頭を小突いた。

「この男は助弥です。渋井さんの御用を務めています。隣の蓮蔵はご存じのとおりです。蓮蔵は助弥の下っ引を務めています。二人は幼馴染みでしてね」

「助弥です。お初にお目にかかりやす。渋井の旦那の岡っ引を、十年、務めておりやす。市兵衛さんと蓮蔵から、藪下の先生のお噂はうかがっておりやした」

「それがしは何もできなかったのに、お恥ずかしい。何もかも、唐木さんと蓮蔵さんのとりなしで上手くいったのです」

「でしょう？　ねえ、兄き」

蓮蔵が助弥に得意げに言った。

「藪下さん、こちらは柳町の診療所を開いている蘭医の柳井宗秀先生です。長崎で医学を学ばれました。わが師であり、わが友です」

「長崎で医学を。そうですか。長崎は遠いのでしょうな。子供のころ、長崎は国の中でほんのひとにぎりの有能と認められた者だけが、おらんだという南蛮の学問を学ぶためにゆけるところだと聞かされました。それがしには、長崎とはどういうところなのか、ましてやおらんだという南蛮の国がどういう土地なのか、推量すらできません」

宗秀は、ふむふむ、と頷き、熱燗の杯を気持ちよさそうに傾けた。

「学問にもいろいろあります。学ぶ場所も何を学ぶかも、人それぞれに違う。長崎も違うひとつにすぎません。この市兵衛は上方の堂島《どうじま》という町の仲買商の下に寄寓《きぐう》し、商いを学んだのです。それから酒造りと米作りも学んでいるのです。わたしは長崎で学びましたが、商いも酒造りも米作りもできません。剣術にいたっては、市兵衛と比べれば赤子同然です。そういうものですよ」

「なるほど。わかります。よくわかります」

「市兵衛から聞きました。藪下さんには赤ん坊のお子さんがおられ、先月、百日咳に罹って、だいぶ長い間、大変だったそうですな」

「はい。百日咳で二十日以上苦しみました。高額な薬礼が払えず、うろたえました。女房は平旅籠の飯炊き女です。四十一歳にして授かった倅です。倅を失うのかと、恐れました」

「子供はか弱き者です。親の庇護《ひご》がなくては生き長らえることができない。麻布からは少し遠いですが、困ったことがあったら、薬礼のことは気になさらず、遠慮なく言ってください。力になれることがあるかもしれません」

「ありがたい。心強く思います」

「まあ、続きは呑みながらだ。藪下さん、かけな。かけなよ」

渋井が主馬に勧めた。

「よう、おやじ、酒を頼むぜ。あのおやじがここの亭主でな、あれで案外に腕のいい板前なんだ。おやじの煮つけが美味い」

「藪下さん、本当にここのおやじさんの拵える煮つけは美味いのです。ぜひ、味わっていってください。先日、藪下さんに馳走になったお礼です。今夜は、わたしに任せてください」

「熱燗を持ってくるでよ」

亭主が言ったとき、主馬は亭主を止めるように手をかざした。

「ご厚意、かたじけない。ですが、何とぞ、おかまいくださいますな。ご存じのとおり、それがしは岡場所の用心棒稼業です。岡場所はまだこれからが稼ぎどきの刻限です。仕事があります。急いで戻らなければなりません」

主馬は市兵衛へ見かえし、唇を結んで束の間をおいてから言った。

「唐木さん、お話ししたいことがあるのです。そこまで、おつき合い願えませんか。手間はとらせません」

思いつめた響きが口調にこもっていた。市兵衛は静かに頷き、

「承知しました。いきましょう」

と言った。刀をとり、腰に帯びた。

「お楽しみのところ、邪魔をいたしました。申しわけござらん」

主馬が頭を垂れた。

「残念だね。藪下さん、次はゆっくりやろうぜ」

渋井が杯を主馬へかざした。

「子供のことで心配なことがあったら、いつでも言うてくだされ」

宗秀が言った。

油堀の堤道は、主馬がきたときよりさらに冷えこんでいた。

喜楽亭からもれる明かりをはずれ、暗い堤道を主馬が先にゆき、市兵衛が後ろに従った。主馬の背中は丸く、物思わしげだった。やがて、主馬は市兵衛へ顔をひねり、言った。

「みなさん、気持ちのいいお仲間ですな。うらやましい」

「縁は不思議です。縁がなければ、知らぬ者同士でした。偶然、出会う縁があって仲間になりました。誰がその縁をとり持ったのでしょうか」

「まことに不思議です。きっと、唐木さんの人柄が縁をもたらしたのですよ」

主馬が笑い、菅笠が小さく震えた。

「唐木さん、このまま歩きながら話します。よろしいですか」

「どうぞ」

市兵衛は、主馬の背中へ静かにかえした。

主馬と市兵衛の草履が、夜の堤道に寂しく鳴っている。

「それがしの名は戸倉主馬と、先だって申しましたな」

「お聞きしました」

「生国は陸奥の岩海領。それがしは南城家の家臣でした。南城家は高知衆という上士がおり、その下に平士の者、さらに下に足軽同心がおります。戸倉家は家禄五十俵と二人扶持の平士の家柄です。しかしお借り上げ米がありましたので、実情は三十数俵ほどでした。祖父母はそれがしが元服して間もなくに亡くなり、一家は両親とそれがしと妹の、四人暮らしでした」

質素な暮らしを営む武家の一家を、市兵衛は思い描いた。

「父は徒士組《かちぐみ》の山方《やまがた》でした。それがしは父から戸倉家を継いだのち、蔵方を拝命しました。父は、それがしが父と同じ山方ではなく蔵方に就いたことを喜んでおりました。番方よりも財政を掌《つかさど》る勘定方や年貢や領国の物産の出納をとり扱う蔵方が、家中でも優れた者の選ばれる役目と見られる世になっておりました。年貢米、俸禄米、国の物産を金銀の貨幣に替える役目が、より重きをなしていたのです。父母は、蔵方を拝命した倅が、もしかすると出世をするのではないかと、淡き希望を持っていたのです。それがしは父母の自慢の倅であり、妹には誇らしい兄でした」

堤道の先に、大川端の佐賀町の町明かりが見えていた。その町明かりが、左手の油堀の黒い水面に映っていた。

「ですが、平士は平士であり、上士である高知衆にはなれません。それが不満だったのではありません。我慢がならなかったのでもありません。それがあたり前のことと、承知しておりました。魔が差した。言葉にすれば、それが理由なのでしょう。そうとしか言いようのない、定かではない何かがそれがしの背中を押したのです。同じ蔵方の者らと手を結び、それがしは不正に手を染めました。三年にわたって不正を続け、それが露顕し、父母と妹を捨て、国を捨て、江戸へ欠け落ちした、それがしはそういう者なのです。十一年前です」

夜道は、大川端の佐賀町の往来に出た。

往来を右へ折れると新大橋、左へ曲がれば永代橋の橋詰にいたる。左手に油堀に架かる板橋があり、橋の向こうに油堀の流れ入る大川が、黒い川面を横たえている。主馬は板橋を渡り、まだ通りがかりがちらほらといき交っていく佐賀町の往来を進んだ。

「それがしの犯した罪により、戸倉家は改易になりました。犯した不正を明らかにし、自ら屠腹《とふく》すれば、戸倉家が残る望みが少しはあったかもしれません。だが、それがしはそうしなかった。武士にあるまじきふる舞いと蔑まれるのを承知で、欠け落ちをしたのです。罪深き身のうえに、さらに恥をさらして逃げたのです。挙句が、このみすぼらしきあり様に落ちぶれ果てました。唐木さん、それがしを蔑まれるでしょうな。蔑まれて当然です。このような身に落ちることは、自ら招いたことですからな。ただ、父母や妹に罪はなかった」

「一家の方々は、今も国元におられるのですか」

しかし主馬は、それにこたえなかった。

「欠け落ちしたとき、すべての身寄りは捨てました。それがしはひとりで朽ち果てる、そのはずでした。しかしながら、先ほど言われましたね。縁は不思議だと。ひとりで朽ち果てるはずのそれがしが、女房を持ち、倅が生まれたのです。なんということだ。罪ある者にも、けがれなき子が生まれたのですよ。まことに縁とは不思議なものだ」

「ご両親と妹さんは今も国元の岩海に……」

「済まない、唐木さん。これ以上詳しい事情は今はまだ話せないのです。それがしが唐木さんに話したいのは、不思議な縁で結ばれたわが女房とわが倅には、わが罪はないということなのです」

やがて二人は、御船蔵の建物の影が見える往来から永代橋東詰の広小路へ折れた。広小路の両側に板戸を閉じた店があり、永代橋の袂の柳が、寒さに打ちひしがれて葉を落とした枝を垂らしている。

ゆったりと反った永代橋が、重たげな夜空の彼方へ消えていた。

主馬が足を止め市兵衛にふりかえった。

「唐木さんは渡りの用人稼業が生業でしたな」

「はい」

「武家の台所勘定の始末を、つける仕事でしたな」

「収支を勘定し、暮らしがたちゆくように計らいます」

「唐木さん、あなたを雇いたい。わが家のやり繰りの始末を、お願いしたいのです。わが女房と倅の暮らしがたちゆくように、計らっていただけませんか」

市兵衛はこたえなかった。主馬の暗い眼差しが、菅笠の下から市兵衛にそそがれているのが感じられた。

「やらねばならぬ用ができました。そのため、しばらく留守をします」

戯れではなく、乱心しているのでもなく、本気で言っているのがわかった。

「留守を？」

「大丈夫。欠け落ちをするのではありません。用が済めば戻ってきます。それがしはこれからも、女房と倅のそばにずっとおりますので」

菅笠の下の無精髭の生えた口元を、ほころばせた。

「定かには言えません。おそらく二、三日のうちに、女房がそれがしの認《したた》めた書状を唐木さんにお預けします。それを読まれたうえで、女房と倅の暮らしがたちゆくように、唐木さんのご判断でとり計らっていただければよいのです。しかし、無理だと判断なされたとしても、それはそれでいたし方のないことですので、決してお気遣いにはおよびません。願わくは、それがしが何を意図したのか、何を考えたのか、事情を女房に話してやっていただければありがたい。その事情は、お読みいただければわかります」

主馬は束の間をおいた。

「じつは、女房は字が読めぬのです。所帯をもってからそれがしが手習いをさせ、仮名ぐらいの読み書きはできるようになりました。ですが、子供ができてからは手習いを中断しておりますもので」

「戸倉さんが、なぜ自分で話さないのですか」

「なぜ？　なぜですかな。たぶん、あれの亭主だからですかな。亭主の口からは話せぬことが、亭主と女房の間にはあるのです。唐木さんのような方に助けていただかねばならぬことが、あるのです」

「やらねばならぬ用とは……」

「つまらぬ野暮用です。まことにつまらぬ。ただ、それがしでなければできぬ用であることは確かです。用が済めば、戻ってきます。それから、肝心の給金のことですが、女房と倅の暮らしがたちゆくように計らっていただいた中から、唐木さんが望む額をおとりください。それが無理だったときは、申しわけないが、お支払いできる給金はありません。それを、ご承知願いたい」

主馬は膝に手を添え、市兵衛へ深々と腰を折った。頭を垂れたまま、固まったように動かなくなった。

「読めば、わかるのですね」

「わかります。唐木さんと出会えたときからこうなる縁だったと、思うのです。今はこれ以上のことをお話しできません。何とぞ、読まれたうえで……」

市兵衛は、主馬の身勝手さを憐れに思った。石のように動かないこの男の抱えている負い目の深さに、胸が痛んだ。

「戸倉さん、わたしは扶持や給金のために働いている渡り者です。渡り者は、ただ働きはしません」

市兵衛は言った。

「しかし、務めを果たさねば渡り者に扶持や給金はありません。引き受けたならば、どのような手だてをこうじてでもわが扶持や給金のために務めを果たすのが渡り者の性根です。ご依頼の務め、お受けいたします」

すると、頭を垂れた主馬の痩せた肩が小刻みに震え始めた。

六

あのとき、戸倉主馬は二十七歳だった。五十代の半ばをすぎた父母と五歳下の妹と、倹《つま》しいけれども穏やかな日々を送っていた。

父親と番代わりをして徒士組山方に就いて一年がすぎた五年前、蔵方を拝命して、中津川を見おろすお城の御蔵に通う身になった。蔵方に役目が替わって、五十俵二人扶持から、新たに二人扶持が加増された。

加増されないよりはされたほうがまし、というほどの加増だった。お借り上げ米は続き、平士の貧しく倹しい暮らしに変わりはなかった。

父母は、主馬が二十五、六歳になったころから、そろそろ妻を娶り跡継ぎをと望み、よく口にした。だが、主馬は妹の貢を嫁にやってからと考えていた。貢の嫁ぎ先が決まらないのが心配だった。

妹の貢は、気だてはよいけれども、人目を引くような若い女性の晴れやかさがなかった。平凡な目だたぬ顔だちだった。兄である自分もそうだ。われら兄妹は似ている。だから主馬は、余計に心配していた。

それに、平士の貧しい家である。誇るほどの家柄ではないし、嫁ぎ先が決まったとしても、貢が恥をかかぬほどの嫁入り支度を調えてやりたいと、自分の嫁とりよりも気がかりだった。

蔵方の組頭は、登茂田治郎右衛門だった。主馬より三つ年上の、二十代の半ばにして組頭にのぼった高知衆の名門の家柄である。組下に、やはり高知衆で主馬と同い年の猪川十郎左と勝田亮之介がいた。主馬は、蔵方助という蔵方の猪川や勝田よりさらに下級の助役《すけやく》だった。

　蔵方を指図する蔵奉行は、代々南城家の蔵奉行を務める家柄の、年配の奉行が就いていた。

　蔵奉行配下の登茂田の組は、蔵物の中の岩海領国の特産である鉄器や紫根染《しこんぞめ》の織物などの物産の出納をとり扱っていた。中でも、岩海領の鉄器は、鉄瓶や鉄火鉢、釜や鑵子などの用具に需要があっただけでなく、高級な鉄器になると諸国に人気の高い工芸品として、南城家台所を助ける重要な収入になっていた。

　そのため、南城家は岩海領の鉄器を専売とし、荷主と鉄器を扱う問屋との相対での取引きは許さなかった。

　その年の春のある夜、主馬は蔵方の猪川と勝田に「主馬、今宵はつき合え」と誘われた。

　二人に従って向かった先は、高知衆の役宅が並ぶ組頭の登茂田の屋敷だった。高知衆の屋敷に呼ばれるのは、その前年の秋に行われた志布木時右衛門と沙織どのとの、晴れやかな婚礼の披露の席に呼ばれて以来だった。

　案内された客座敷に、上座の登茂田の片側に、岩海城下では大店で知られている富松屋《とみまつや》の忠治《ちゆうじ》という仲買商がいた。富松屋と向き合って猪川と勝田が座を占め、主馬は登茂田の正面に着座させられた。

「主馬、よくきた。こちらは富松屋の忠治どのだ。富松屋は存じておるな」

登茂田はくつろいだ様子で言った。富松屋は南城家の蔵物の中で、江戸の蔵屋敷に廻送するのではなく、領国内で売却する分の、年貢米以外の紫根染や鉄器などの蔵物を扱う、南城家ご指名の仲買業者であった。

すぐに酒と料理の支度が調えられ、「ゆっくりしていけ」と登茂田が笑った。

主馬は、自分のような下役の者がなぜこの席に呼ばれたのかわからず、芳醇な酒と珍味の料理を身を硬くして食していた。すると、

「主馬を呼んだわけを話そう」

と、登茂田が語調を不意に変えた。

主馬は杯を膳に戻し、登茂田との間の畳へ目を落とし、畏まった。

国の豊かさは、米のとれ高で決まった。諸大名は農民の収穫した米の年貢米や俸禄米を金銀の貨幣に替えて、領国を営んでゆく。諸国の米のとれ高が、金銀貨幣の値打ちを裏づけ、諸国の間の商いを裏づけていた。

それは、諸大名も徳川《とくがわ》幕府も同じである。

年貢をとりたてた主家は、家中で要り用や貯蔵米以外の米を、例えば江戸の蔵屋敷に廻送し、江戸屋敷の飯米を賄い、残りを貨幣に替える。また家臣に与えた俸禄米は、家臣らの飯米をのぞいた分を主家が買いあげ、これも江戸の蔵屋敷に廻送して入札制で売り払う。

しかし、米の豊作不作によって、あるいは米問屋や仲買人の操作などで、米の値はあがったりさがったりする。すなわち、米の取引きには相場があった。

蔵屋敷に廻送される同じ蔵物の物産の値も、米の取引き相場によって左右された。米相場があがれば貨幣の値打ちがさがって蔵物の値はあがり、米相場がさがれば貨幣は値打ちをあげて蔵物の値を押しさげた。

当然ながら、岩海南城家の江戸蔵屋敷も、米相場が低いときには蔵物を売り控え、高くなったときに売る。そこが蔵元の腕の見せどころだった。

ただ、岩海領特産の鉄器だけは、米相場にあまり左右されなかった。殊に、工芸品として好事家の間で珍重された鉄器は、米相場がさがっても高値をつけたままだった。登茂田と富松屋、猪川と勝田の四人は、そこに目をつけた。

「米相場のあがりさがりで諸色もあがりさがりするが、岩海の鉄器の値は殆ど変わらぬ。変動しても小幅な動きだ。ただ、動かぬわけではない。多少はあがったりさがったりする。わずかだが、変動する。主馬、一杯とらす。そばへ寄れ」

主馬は恐る恐る進み、登茂田の膳の前に端座した。登茂田は手ずから提子をとって主馬に酌をし、「そこでな……」と続けた。

「米相場があがり、諸色はあがるが、鉄器の値はわずかにあがるだけだ。高価な工芸品の鉄器なら殆ど変わらぬ。仮にだ、岩海鉄器の上物に限って、誰かが手心を加えて少々値があがったことにしても、元の値が高いから誰も気づかぬ。高価な工芸品の多少の変動の差でしかないと見なされる。次に米相場がさがり、諸色も安くなり、鉄器の値もわずかにさがったとする。これにも、誰かが手心を加えてわずかばかり多い額の値さがりになっても、やはり誰も気づかぬ。これも、高価な工芸品の多少の変動の差でしかないからだ。しかし、変動の割合は小さくとも、金額にすれば小さいとは言えぬ。高価な上物が数十点も集まれば、小さいと言えぬ、どころではない額になる。わかるな」

登茂田の酌を受けた杯を持つ手が震え、止められなかった。

「だ、誰が手心を、くく、加えるのでございますか」

「われら四人と、戸倉が加われば、五人だ」

「そ、それがしがでございますか」

主馬は、温い燗の酒をひと口含んだ。

「この仕組みを具合よく廻していくには、鉄器出納の出納台帳と勘定目録をつけておる主馬の手助けがどうしても要るのだ。主馬が出納を確かめ、荷主誰それ、どの品、どれだけの数、売却額を勘定目録に書き出す。猪川と勝田が監査し、わたしが承認し、お奉行におうかがいをたてる。むろん、ご苦労であった、となる。そこで、勘定目録に合わぬ額がわれらの間に残ることになる。一度の売却で残る額は大きくはない。それがいいのだ。一度の額が大きくなると目につく。売却ごとにゆっくり少しずつ、回を重ねるのだ」

「しかし、それでは……」

「主馬、おぬしをわれらの助役にしたのは、おぬしならばと見こんだからだ。生真面目でとおっているおぬしなら、誰も疑わぬ。お家にも荷主らにも損をかけるわけではない。お家には収益をもたらし、荷主らの代わりに広く売りさばいてやっている。そのわずかな手間賃をいただくだけだ」

猪川が横から言った。

「おぬしら平士は家禄が低い。隠居の両親と嫁入り前の妹がいるのだろう。おぬしも嫁をもらわねばならぬ。金が要るぞ。われらに加わり、手間賃を得れば、一家に少しは美味い物も食わしてやれるぞ」

勝田が言った。登茂田が薄笑いを浮かべ、また酌をした。

「そのような才覚は、それがしには……」

酒がこぼれ、麻裃の膝にしたたった。

「主馬さま、どの品にどういう額を書き出すか、すべて細かくわたくしがお教えいたしますから、ご懸念にはおよびません。この五人以外はかかわる者は誰もいないのです。この五人のうちの誰かが、おかしい、と言わぬ限り、何もおかしくはないのです。この五人で決める事柄なのですから」

富松屋の忠治が澄ました顔つきで言った。

「富松屋の言うとおりにしておれば、し損ねる心配はまったくない。主馬が富松屋に頻繁に出入りするのは、役目上、当然のことだ。怪しまれることはない。われらは立場上、そう再々とは富松屋を訪ねるわけにはいかぬ。主馬なら、われらと富松屋をつなぐ役もできる。そうだろう」

登茂田に見つめられ、言葉をなくしていた。ただ、冷や汗が噴き出ていた。

その夜更け、高知衆の役宅の並ぶ往来を帰路についた主馬は、なんということだ、と呆れていた。すでにやると決めている自分に対して、呆れていた。

春の夜の冷たい風が、主馬の火照った体をくるんでいた。

その時、主馬の脳裡にあったのは、友の時右衛門と沙織の婚礼の宴の様子だった。自分は生涯、あの足下にもいけぬ、とわかっていた。

それは三年続いた。

登茂田と猪川、勝田らとの密談は、中津川沿いの料亭・川島で行った。主馬は富松屋の意向や富松屋の調べた相場の状況などを登茂田に伝え、登茂田よりその都度指示を受けた。密談のあとは、必ず芸者をあげて宴になった。

川島では富松屋やそのほかの商人らの供応を、登茂田らとともに受けた。

父親の博助が、しばしば酩酊して深夜に戻ってくる主馬を気遣い、「主馬、何をしておる。大丈夫なのか」と咎めたことがあった。

「大丈夫です。父上の心配なさることではありません。これもお役目なのです。蔵方の仕事は山方とは違うのです」

そう言ってごまかした。父親ではなく、自分自身をである。

しかし、三年がたってそれは露顕した。鉄器の中の工芸品として高級品の南城家の売却値と、荷主側が手にするとり決め額の間に開きがあることに、荷主側が気づいた。荷主側は村役人に訴え、それが地方《じかた》の役人を通して蔵奉行へ伝わった。蔵奉行は慌てて登茂田に、厳重に調べよ、と命じた。

登茂田は震えあがった。事が明らかになれば、四人の武家は切腹では済まず、打ち首、お家改易はまぬがれがたい。仲買商の富松屋も斬首。富松屋は財産没収のうえ断絶、とり壊し、縁者の所払いは必至であった。

それは夏の初めの夜だった。五人は三年前の春の夜のように、登茂田の屋敷にひそかに集まった。主馬は三十歳になっていた。先月、気にかけていた妹の貢の嫁入り話があり、話が進んでいるさ中だった。

その夜は、芳醇な酒も珍味の料理もなかった。

登茂田が事の露顕した経緯をぶつぶつと低く語り、四人は声もなく聞き入っていた。みな目を伏せ、吐息だけがもれた。やがて、勝田が事の露顕に怯えてすすり泣きを始めた。

登茂田と猪川と富松屋の忠治が小声でやりとりをしていたが、末席にいて肩を落としていた主馬には、言い交わされている話が聞きとれなかった。何も考えられず、ただ呆然として、すぎてゆくときと向き合っていた。

そのうちに三人のやりとりは途絶え、勝田のすすり泣きだけが続いた。勝田は頭を抱えてうずくまり、誰も声をかけなかった。

帰るか……

と主馬が立ちあがろうとしたときだった。

「主馬、五人そろって生きのびてみぬか」

登茂田が、なぜか主馬を名指して言った。

はっ？　と四人がいっせいに登茂田を睨んだ。

「ひとつ、手がある」

「どど、どのような手があるのですかっ」

勝田が声を張りあげ、登茂田がたしなめた。

「うろたえるな。聞こえる」

「登茂田さま、何をお考えで？」

富松屋が訊いた。猪川が登茂田をじっと見つめている。

「主馬が承知するかどうかに、かかっておる」

四人の眼差しが主馬に向けられ、主馬は啞然とした。何かが起ころうとしているると、ようやく気づいた。

「主馬、このままでは、われら五人は打ち首斬首になる。五つの家は間違いなく潰れる。しかしながら、もしも、このたびのことは主馬がひとりでくわだてた作為として、事が露顕しそうになり岩海を欠け落ちしたら、改易になるのは戸倉家だけだ。富松屋もわれらもお叱りは受けるかもしれぬ。あるいは上役にありながらとり締まりに手抜かりがあったとしてお役は解かれるかもしれぬが、われら高知衆の家は残る。われらが残れば、主馬の老いた両親と妹の暮らしがたつように扶持をわれらからわたすことができる。むろん、これまで戸倉にくだされていた扶持の倍、いや、三倍は約束できる。さすれば、戸倉家の名は地に落ちるかもしれぬが、少なくとも老いた両親と妹は路頭に迷うことはない。むしろ、これまでより裕福に暮らすことができる。われら五人の家がすべて潰れれば、それぞれの家の残された者は全部が路頭に迷う。主馬ひとりが身を捨ててくれれば、みなが、いや、おぬしの両親と妹が救われるのだ」

主馬、それも考えられるひとつの手ではないか、と登茂田が言った。

主馬に向けられた四人の目が、青白く燃えていた。戦慄が走り、動くことができなかった。声も出なかった。ただ、そんな……と思った。

「のみならず、生きてさえいれば、三年、いや五年もたてば、高齢の当代の殿さまの代が替わり、この件のほとぼりは冷めるだろう。みな、忘れてしまう。そのとき、われらが高知衆の重役方に働きかけ、戸倉家の再興を願い出ることができるのだ。戸倉家を再興し、おぬしを呼び戻してやれる。どうだ、そういう手は、やれぬか」

「い、いやです。理不尽だ。不公平ではありませんか。なぜ、使い走りのそれがしなのですか。なぜ、登茂田さまや猪川さまや勝田さまではないのですか」

主馬は声を忍ばせ、懸命に言った。

「理不尽だ。主馬ひとりに責めを負わせ、われらが知らぬふりをして生き残るのは、不公平きわまりない。しかし、それを承知で言うておるのだ。それならわたしがひとりで責めを負ったとしよう。少なくとも、側近の猪川と勝田が知らなかったでは到底済まされぬだろう。富松屋も同じ運命となる。そうなったら、主馬ひとり生き残って、あとをどうするのだ。われらの一族郎党の暮らしを、どのようにして守るのだ。主馬の家禄で何ができる。五年後、ひとり生き残った主馬の力で、われらの家の再興はなるのか」

登茂田はひと呼吸をおいた。

「つまりこの手は、主馬でしか使えぬのだ。われら三人の力と、富松屋の財力を合わせれば、ときはかかるとしても、戸倉家の再興は必ずなる。おぬしが両親と妹の暮らしを守るために身を捨てることが、同時にみなを助けることになる。わかるだろう、主馬。それしか、道はないのではないか」

「頼む、主馬、主馬どの、このとおり……」

勝田が畳に手をつき、ひれ伏した。それを真似て、猪川と富松屋も手をつき、低頭した。登茂田は主馬から目をそらさなかった。まるで、見つけた獲物を見逃さぬ獣のようにだ。

かたかた、と奇妙な音が聞こえた。自分の歯が震えて鳴っているのだとわかった。あまりにみじめで、情けなく、悲しく、寂しく、虚しく、そして恐ろしくて主馬は打ちひしがれた。あまりの落胆に、涙も出なかった。

「では、父や母や妹が、このにち、つつがなく暮らせるようにしていただけるなら、それがしがすべての罪をかぶって、腹をきります。それがしは罪を犯し、侍の面目を潰しました。せめて、侍らしく死にたい」

主馬は、か細い声で言った。

「それは駄目だ。主馬は欠け落ちしなければならぬ」

「え……」

と、空ろな眼差しを登茂田へ泳がせた。

「この三年で、われらが得た金額は七百両を超えておる。そうだろう、主馬。おぬしが目録をつけておるのだから、わかるだろう」

「……それがしがいただいたのは、三十両少々です」

「それは役割の重さの違いだ。とも角、おぬしが三十両少々をすべて使ったとして、残りの金はどこにある、ということになるだろう。主馬は、残りの金を持って欠け落ちせねばならぬのだ。欠け落ちし、少なくとも五年は、国元へは決して戻らず、いっさいの音信を絶ち、ひとりで生きるのだ。五年、どんなに長くても十年がたてば、われらの力で必ずおぬしの身分を回復してやれる。ただ、残念だが、七百両はもうない。知ってのとおり、みなで分けた」

　主馬はうな垂れ、力なく言った。

「それがしは、三十両を蓄えております。両親と妹が飢えぬように、暮らしを守っていただけるなら、もう三十両はなくてもいい。その金を持っていきます。これからうちに戻って旅支度をし……」

「何を言うておる。主馬はたった今、この場から欠け落ちするのだ。家に戻るなど、そんな悠長なことをしている場合ではない。主馬が姿を消したと、お奉行さまに報告をする。そのときには、主馬はすでに国境を出ていなければならぬ。両親と妹には、時機を見てわれらから上手く話しておく。いますぐ、ここから消えるのだ。ここに二十両ある。持っていけ。どこかで旅の支度を調えればよかろう」

登茂田は用意していたかのように、白紙の小さな包みを懐から出した。富松屋の忠治が懐から財布を出し、登茂田の紙包みの隣に並べた。

「この財布の中には十五両と何分かが入っております。戸倉さま、これもお持ちください」

おれからも、これも、と猪川と勝田が、慌てて財布から数両と何分かの金貨や銀貨をおいた。

「どんなに長くても、十年で国に戻れるのですか」

「そ、そうだ。十年、十二、三年はかかるかもしれぬが……」

「その間、耐えよと」

「戸倉の父母や、妹のためを考えるのだ。それまでは音信を絶ち、われらがなんとかするまで、堪えてくれ。済まぬ、主馬」

主馬はうな垂れ、動かなかった。周りの四人は沈黙し、ただ主馬の様子を見守っていた。登茂田が、ごくり、と喉を鳴らして唾を呑みこんだ。

すると、突然、主馬の目から涙が滂沱《ぼうだ》とあふれ出した。主馬はうずくまり、身をよじらせた。そして、獣がうめくように慟哭《どうこく》した。

七

十年がすぎた。だが、十年もの長い年月がすぎても、主馬は南城家に近づかなかった。あの約束はどうなりましたか、と訊ねたい思いが兆す一方で、それを訊ねることが恐ろしく、たまらなく恥ずかしく、そして十年がたってもなお、自分が許せなかったからだ。

十年がたとうとしていたころより、いっそこのまま、自分は朽ち果て、消えてしまうべきだ、と主馬は思うようになっていた。

女房のお津奈がいなければ、そしてお津奈に子ができなければ、主馬はそうしていたかもしれなかった。

しかし、主馬は朽ち果てなかった。十一年がすぎ、十二年目の冬になっても。

ようやく、くるべきときがきたのだな、と主馬は気づいていた。

それを書き終えたとき、冬の夜はまだ明けていなかった。

夜半から木枯らしが夜空に鳴り、板戸を叩き、すきま風が粗末な店に吹きこんだ。角行灯の火が、すきま風に震えるかのようにゆれていた。

肩からかけた薄布団を、かけなおした。火の気のない店は冷えきり、行灯の明かりが白い吐息を照らしていた。かじかむ手を、息を吹きかけ擦り合わせた。

枕屏風の陰から、お津奈は穏やかな寝息をたてていた。真夜中に文平が夜泣きをした。お津奈があやし、布団の中で乳を与えているようだった。ほどなく、文平は静かになった。

もう四半刻もたてば、外は白み始める刻限に思われた。

凍えそうな寒気の中でも身体に火照りを覚え、主馬は夜明け前の寒さに耐えることができた。自分を痛めつければつけるほど、少しずつ救われる気がした。

書き終えた長い書状を折り畳み、それをさらに折り封にくるんだ。

文机の前から離れ、お津奈と文平を起こさぬようにそっと四畳半を出た。

暗がりの中で目を凝らし、台所の竈に火を入れた。柴が音をたてて小さい炎をあげ始めると、炎の薄明かりが主馬の無精髭のやつれた顔と、まだ白い息を照らした。火は昨夜の燃え残りの薪に燃え移り、新しくくべた薪をも、だんだん大きくなる赤い炎でくるんだ。

主馬は炎に手をかざし、凍えた身体を温めた。

竈には鉄瓶がかけてある。飯を炊くにはまだ早い。先に湯を沸かし、茶を喫するつもりだった。身体が少しぬくもると、主馬は竈の前にかがんだままうつらうつらとした。眠ってはいないのに、夢を見た。故郷の景色が見えた。自分が故郷の景色の中に佇み、悲しみにくれている夢だった。

気がつくと、鉄瓶に湯気がのぼっていた。

唯一の贅沢の番茶を急須に入れ、鉄瓶の湯をそそいだ。安価な番茶でも、ふわり、と香ばしい茶の香りが主馬の周りにたちこめた。儚《はかな》いなごみが、気の昂ぶりをなだめた。今少しときがある。慌てず、うろたえず、諄々《じゅんじゅん》とそのときを受け入れるのだ。侍らしく、と主馬は自分に言い聞かせた。

茶を喫し、ひと息吐いた。そのとき、

「あんた……」

と、四畳半の引違いの障子戸が少し開いて、お津奈が顔を見せた。丸髷のほつれ毛が、白い首筋にかかっていた。

「どうしたの。眠れないの」

「そうではない。出かける前にしておかねばならぬことをしていたら、今までかかった。飯を炊くには早いので、茶を淹れて飲んでいる。文平はまだ寝ているようだな。お津奈も茶を飲むか」

お津奈は布子の半纏を羽織り、寝間着の襟元をなおしながら、板敷へ静かに出てきた。そして、主馬と向き合って坐った。主馬は急須に湯をそそぎ、ゆっくりとときをかけてお津奈の茶碗へ淹れた。茶の香りはまだ十分残っている。

「さあ……」

と、主馬はお津奈に無精髭の顔を微笑ませた。

お津奈は茶碗を両掌にくるみ、少しずつ含んだ。かすかにたちのぼる湯気が、お津奈の広い額と髪の生えぎわにかかった。

「これから、出かけるの？」

お津奈が不安そうに目をあげて訊いた。

「いかねばならぬ用ができた。朝餉《あさげ》が済んだら出かける。今日の朝餉はそれがしが拵える。味噌汁の具は……」

「どこへ？」

お津奈は主馬から目をそらさなかった。

「お津奈の知らぬところだ」

「女房が知らないところへいかなきゃならないの。だったら、亭主が帰ってこなかったとき、女房はどこへ亭主を探しにいけばいいの」

「帰ってくる。お津奈と文平が待っているのだ。帰ってこぬわけがない」

お津奈は茶を含んだ。

「夜中に目が覚めたら、明かりがついていたわ。ずっと文を書いていたのね。何を書いていたの」

「いろいろだ。すぎた昔のことから、つい先だってのことまで」

「ずっと昔のことというのは、あんたが江戸へ出てくる前の生まれ故郷のこと?」

「まあ、そうだ」

「わたしはあんたの故郷を知らない。あんたを誰かも知らない。女房なのに」

お津奈の目が赤く潤んだ。

「今にわかる。そう遠い先のことではない」

主馬が言うと、お津奈は目を伏せた。

木枯らしが板戸を叩いた。裏の木々が、風に吹かれてざあざあと騒いだ。

「用が長引き、戻りが遅くなるかもしれない」

主馬は言った。

「二日がたってそれがしが戻ってこないときは、それがしの文机の書状を、唐木さんにわたすのだ。先だって、うちにきていた唐木市兵衛さんを覚えているな。神田雉子町の八郎店に住んでいる」

お津奈は目を伏せたまま頷いた。

「唐木さんは信頼できる人だ。それがしがいない間に困ったことがあれば、唐木さんに相談するといい。きっと力になってくれる」

「困ったことって？」

「文平の具合が悪くなったり、何かを迷うとか、なんでもいいのだ」

「そんなに長く、かかる用なの」

主馬はためらい、考えた。

「わたしが読んじゃ、いけないの」

「唐木さんがあとで教えてくれる。お津奈は読まないほうがいい」

「どうせわたしは、字が読めないもの」

「手習いをすれば、もっと読めるようになる」

「あんたが、手習いをさせてくれるの？」

「そのときがくればな。そのときが……」

主馬の言葉が途ぎれた。主馬とお津奈は見つめ合った。世話になった、と腹の中で言った。すると、ひと筋の涙がお津奈の頰を伝った。胸がはずみ、こみあげる感情を懸命に抑えているのがわかった。

歯がゆさやもどかしさに耐え、つらい目にあっても悲しい目にあっても、諦めて生きることに慣れたお津奈の姿が、主馬の胸を刺した。

第三章　命、棒にふる

一

朝の五ツ（午前八時頃）すぎ、麴町の往来を、主馬は一丁目へと向かっていた。

夜半から吹き始めた木枯らしは、夜明けとともにいっそう威力をまし、往来の砂塵を巻きあげ、四つ辻に旋風《つむじ》を巻いた。その風のせいか、朝の営みの始まっている刻限にもかかわらず、往来の人通りはまばらだった。

主馬は破れた菅笠を飛ばされぬように押さえ、吹きつける砂塵の中を足早に突き進んでいた。垢染みた鈍色の着物や褪せた茶の半袴の袖と裾が、風に吹かれて千ぎれそうなほどに震えていた。

くたびれた草履をつけた痩せた素足は、主馬の様子を寒々として見せた。舞いあがる砂埃で煙る麴町の空から、南城家蔵屋敷の楢崎屋の店先へ黄色く濁った日が射していた。

表の軒下の重しをつけた長暖簾が、船の帆のように風をはらんでいた。軒下の天水桶の傍らで、数匹の野良犬が風をよけてうずくまっている。

主馬は吹きつける風に追いたてられ、土蔵造りの広い前土間に入った。土間に砂塵が吹きこみ、急いで戸を閉めた。

店の間にお仕着せの手代や客は少なかったが、帳場格子の並んだ奥の大部屋に大勢の手代が机に向かい、動き廻っている姿が見えた。

顔いっぱいに痤瘡《ざそう》のできた小僧が折れ曲がりの大路地のほうから、たた、と草履を小走りに鳴らして近づいてきた。主馬の風体を訝りつつ、

「おいでなさいまし。お客さま、お名前とご用件をおうかがいいたします」

と、愛想のない語調で言った。

主馬は菅笠をとった。無精髭と月代を剃り、髷も結びなおしていた。しかしそれが、頰が瘦けて顎の尖ったやつれた相貌や、青黒く窪んだ眼窩を目だたせた。

主馬は骨張った指先で、風でほつれた鬢をひとなでし、小僧に辞宜をした。

「藪下三十郎と申します。南城家蔵役人の登茂田治郎右衛門さまにおとり次を願います。登茂田さまがお見えでなければ、登茂田さま配下の猪川十郎左さま、もしくは勝田亮之介さまにおとり次をお頼みいたします。お三方さまともご不在ならば、お見えになるまでこちらにて待たせていただくか、さもなくば上屋敷に……あいや、とも角おとり次を」

「はあ？」

小僧はいっそう訝しみ、痤瘡だらけの顔をしかめた。

登茂田治郎右衛門と猪川十郎左と勝田亮之介は、南城家上屋敷から遣わされている名義人の名代と配下の蔵役人である。主人の楢崎屋嶺次郎はもちろん、店の奉公人はみな一目おいている。

あの三人のお役人さまに、このみすぼらしい侍がなんの用があるのだ？

小僧は訝しんだ。しかし、追いかえすわけにもいかず、

「お待ちを」

と、小僧はぞんざいに言って、大路地の奥の半暖簾をさげた戸口の奥へ小走りに消えた。店の間で客の応対をしている手代が、前土間にぽつんと佇むみすぼらしい風体の主馬へ、不審そうな目つきをちらちらと向けた。

大部屋の手代らも前土間の主馬に気づき、あの男はなんだい、というふうに見る者も出始めた。

裃姿の勝田が半暖簾を払って大路地に姿を見せたのは、だいぶ待たされた、というより放っておかれてからだった。

勝田は大路地を前土間のほうへ悠然と歩みながら、不快な顔つきを露わにした。ちっ、と舌打ちをした様子が口元に見えた。勝田は主馬の前にきたが、見苦しいものを避けるように身体を斜にした。

「これは勝田さま。先日は……」

と、主馬は丁寧な辞宜をした。

「顔を出すなと言っただろう」

小声ながら、勝田の声には腹だたしさがこめられていた。

「事情が変わりました。どうしても、登茂田さまにお会いしなければならなくなったのです。それから、猪川さまとも、勝田さまとも。お三方さまに、少々、お訊ねすることがございます」

主馬は頭を持ちあげ、勝田を真っすぐ見つめた。

「勝田さま、重大な用なのです。こちらでお会いできぬのなら、上屋敷へお訪ねしなければなりません」

「なんだと？」

勝田は眉をひそめ、周囲を見廻した。

店の間の手代はまだ主馬を気にかけているし、案内の小僧が大路地の暖簾の陰から、主馬と勝田の様子をのぞき見していた。

「くそ。仕方がない。こい」

勝田はひと言吐き捨て、主馬にくるりと背中を見せた。

主馬は折れ曲がりの土間の大路地を抜け、井戸と大きな竈が四つ並んだ台所の土間をすぎ、突きあたりを黒光りのする廊下にあがった。廊下の奥の、店表の人の声も聞こえぬ接客部屋と思われる座敷へ通された。

「ここで待て」

勝田は顎で示した。主馬が部屋へ入ると、後ろでぴしゃりと襖を閉めた。

主馬は、ぽつねんと残された。

部屋は十畳ほどで、庭側の拭い縁にたてた明障子に、風にゆれる軒灯籠《のきどうろう》の影が映っていた。楢崎屋は商家のため、武家の書院ふうではないが鏡板の壁に棚がしつらえてあり、格天井《ごうてんじょう》や襖絵や欄間《らんま》の彫物に裕福な様子がうかがえた。

主馬は、通されてきた廊下側の襖を背に次の間と思われる襖に向き、部屋の中ほどに端座した。左に庭側の明障子がたてられ、棚をしつらえた鏡板の壁が右手にある。大刀は左の膝に触れるそばに寝かせた。

風に吹かれて木々がざわめき、とき折り明障子ががたがたと震えた。

そこでもまた、しばらく待たされた。

やがて、背後の襖ごしの廊下に人の気配がした。

主馬が後ろへふりかえると、襖が無造作に開かれた。登茂田と、その後ろに猪川と勝田が並び、冷ややかに主馬を見おろした。

主馬は登茂田へ向きなおった。三人は声もなく部屋に入り、棚のある鏡板の壁を背に登茂田を中心に着座した。

主馬は明障子を背に、登茂田ら三人と対座する形になった。主馬は畳に手をつき、頭を垂れた。

「なんだ、主馬。何しにきた」

猪川が先に、ぞんざいに言った。

「先日、あれだけ言ったのに、本当に不用心なやつだ。自分のおかれている立場がわかっておらぬのだ。愚か者が」

勝田がとげとげしい口調を合わせた。登茂田が猪川と勝田を制し、

「主馬、訊ねたいことがあるそうだな。何が訊きたい。用があるなら早く言え。それとも、訊ねたいというのは口実で、本心は金の無心か」

主馬は手をあげ、登茂田へ眼差しを向けた。下まぶたの青黒い隈が主馬の風貌を不気味に彩り、登茂田をたじろがせた。

「金の無心ではありません。登茂田さま、猪川さま、勝田さま、お訊ねいたします。国元の岩海に残しました、いや、捨て去りましたわが父母と、妹の貢のことでござる。よろしゅうございますか」

登茂田は唇を一文字に結び、返事をしなかった。猪川と勝田は、主馬の様子が違っていることにやっと気づいたらしく、顔をしかめた。

主馬は言った。

「国を捨てて丸十一年と半年でござる。十一年前のあの夜、登茂田さまのお屋敷より、父母や妹に別れも告げず家を捨て国を捨てましたのは、申すまでもなく、登茂田さま、猪川さま、勝田さま、そして富松屋の忠治ととり決めたからでござる。われらの犯した罪をそれがしがひとりで負うことでしか、罪もなく何も知らぬわが父母と妹の生きる術を守れないと、わかっていたからでござる。不公平で

理不尽極まりないが、わが父母と妹のためにそうせざるを得なかった」

庭の木が騒ぎ、明障子がかたかたと震えている。

「登茂田さま、猪川さま、勝田さま、先月、料亭のむらさきでわが父母と妹の様子をお訊ねしたおり、嘘をつかれましたな。わが父母と妹は、息災だと。息災のはずだと。なぜなら、江戸詰めになってもわが父母や妹への扶持はわたるように手配をしており、それがまだ続いておると。しかしながら、わが父は今を去ること六年前の文化《ぶんか》十四年（一八一七）に寝たきりになった末に亡くなり、翌年の文《ぶん》政《せい》元年（一八一八）、自分がわからなくなった母とその世話をしていた妹の貢が、おぞましき貧困の果てにともに命を絶ったのではござらぬか」

登茂田はこたえず、肩をほぐす仕種をした。猪川と勝田も黙っている。

「登茂田さま、猪川さま、勝田さま、あの約束、まことに守っていただいたのでござるか。戸倉家は改易になりました。城下の組屋敷を追われたわが父母と妹は、倅の、兄の犯した罪のそしりをまぬがれず、武家の面目を潰し、屈辱と恥辱にまみれた。どれほどつらかっただろう。悔しかっただろう。推測するだけでもわが胸は張り裂けそうだ。武士なら、あのとき自ら屠腹して詫びるべきだった。腹をきらなかったのは、あとに残す老いた父母と妹が、せめて、飢えぬように、つつがなく暮らしていけるように、路頭に迷わずいきていけるようとり計らうと、あなた方が約束したからだ。ところがどうだ。わが父母と妹は、生きる術もなく塗炭《とたん》の苦しみの中で、すでに果てておるのではござらんか」

主馬は唇を血がにじむほどにかみしめ、歪めた顔を膝へ落とした。

「ああ、身勝手で愚かな自分のふる舞いが、恥ずかしい。とりかえしのつかないことを、してしまった。わが父母や妹にとって、それがしはいなければよかったのだ。生まれてきたのが間違いだった」

が、すぐにその顔をあげ、登茂田を睨みつけ言った。

「なぜだ。なぜ嘘をつかれた。登茂田さまは言われたな。わが扶持の二倍、三倍を約束すると。あなた方は、それがしを騙したな。愚弄したな」

猪川と勝田は顔を赤らめ、主馬から目をそむけた。

「主馬、誰からそれを聞いた。誰がそれをおぬしに告げた」

登茂田は落ち着き払っていた。

「登茂田さま、誰でもよいではございませんか。わが父母と妹の身のうえのことを質しておるのです。十一年前に言われた約束は守ったのか、いや、なぜ破ったのかと、訊ねるためにまいった」

「約束は破っておらん」

登茂田が言い、猪川と勝田が驚いて登茂田を見た。

「約束は果たした。果たすために、父親の博助どのにひそかに申し入れた。だがな、博助どのが断られたのだ。おのれは侍だ。謂われなき申し入れは受けぬ、憐れみに甘んじるわけにはいかぬとだ。再三、申し入れた。だが、博助どのは聞く耳を持たれなかった。諦めざるを得なかったのだ」

そうだ、そうだ、というふうに勝田が頷いた。

「諦めた？　申し入れを断られたから、ただそれで諦めたと。わが父母と妹が材木町の使わなくなった古びた土蔵で暮らし、妹は端女として働き、父は寝たきりになった末に亡くなり、自分がわからなくなった母の世話のために妹は端女仕事すらできなくなり、ついには妹が母を刺し、自らも喉を突いて命を絶ったそのあり様を、ただ諦めて、手を拱《こまぬ》いて眺めておられたのか」

「そ、そうだ。手はつくしたのだ。先だって、戸倉の両親と妹の身のうえを息災だと偽りを言ったのは、主馬を騙すつもりではなく、仕方がなくこうなったからには、主馬に今以上につらい思いをさせたくなかったのだ。すぎたときを悔やんでもとり戻すことはできぬ。妻と子がいるのだから、妻と子のために生きる先々を考えるべきだと思ったからだ」

主馬は目を閉じ眉をひそめた。そうか、まことに父らしい、と主馬は腹の底に染みこむように感じていた。

「手をつくした、仕方なくこうなった、すぎたときを悔やんでもとり戻すことはできぬだと？　ぬけぬけとよくもまあ……おのれらの犯した罪はそれがしに負わせて逃れ、それがしに約束したことは平気で反古《ほご》にし、苦しんで死んでいったわが父母と妹を見殺しにし、ぬくぬくと何不自由なく暮らし、十年もたたぬのに再びまた不正に手を染め、村山景助を斬殺し、ああ、なんたることだ。なるほど。あなた方は愚かなそれがしに相応しい仲間だったのかもしれぬ。愚か者同士、汚れた者同士、まことに似合いだ」

「主馬、われら以外に南城家の者に会ったな。誰に会った」

登茂田が険しい表情を投げた。

「登茂田さま、じつはそれがしにも、話しておらぬことがあります。隠していたのではござらん。話すまでもないと、思っていただけでござる。われら薄汚れた一味とはかかわりのない清廉《せいれん》なる武士らしき武士のことですから。父母と妹の事情は、その者から聞いたのです。あなた方は息災と言うのみで、何も知らなかった。父母や妹のことなど、他人事《ひとごと》のように素っ気なかった。どうでもよかった。そうではありませんでしたか、登茂田さま」

「誰だ、それは」

勝田が喚いた。

「気になりますか。仕方がない。ならば教えましょう。村山景助斬殺の調べのために国元より遣わされた目付・志布木時右衛門でござる。時右衛門はわが幼馴染み、子供のころから城下の神武館道場へともに通っていた道場仲間です」

三人は唖然とし、顔を青くした。

「それから、言っておきます。あなた方は十一年前にそれがしに約束されたとり決めを反古にされていた。しかもそれを、それがしに隠しておられた。それが侍のやることですか。それがしが、侍か、などと言うのはおこがましいが。よってそれがしもあなた方とのとり決めを反古にいたす。これから時右衛門に会い、村山景助斬殺の事情を明らかにいたす所存です。なぜそのような事態にいたったのか、十一年前の経緯からすべてを、でござる」

「おのれ、血迷うたか」

勝田が刀をつかみ、片膝立ちになった。

「血迷うてはおらぬ。打ち首になるのは覚悟のうえだ。おそらくあなた方もこたびは罪をまぬがれぬでしょう。ともに首を打たれ、同道は望まぬが、ともに三途の川を渡ることになりそうですな」

猪川は蒼白になって動かず、勝田は怒りに唇を震わせていた。しかし、登茂田は薄らとした冷笑を浮かべ、声を低くして言った。

「主馬、おぬしは面白みのない男だな。川島におぬしを呼んでたびたび酒を呑ませたが、おぬしと酒を呑むのは貧乏くさく、辛気臭くて、本当にいやだった。ふん、おぬしの貧乏くさい間抜け面を見ずに済むと思うと、清々する」

「同じですよ。それがしも川島であなた方と酒を呑んで、楽しかった覚えは一度もない。あなた方はつまらぬ男だ。三人ともそろってつまらぬとは、よほどできが悪いのですな」

「下郎っ」

「喚くな、勝田。下郎はおぬしらだ」

「主馬、おぬしをいかせるわけにはいかぬ。竹川、おるか」

登茂田が次の間の襖へ向いて言った。

すると、「はっ」と声が聞こえ、次の間の襖が音をたてて引かれた。

総髪に納戸色の羽織に黒袴を着けた長身の竹川源四郎《げんしろう》が、鴨居にぶつからぬように頭をかがめ、次の間から、のそり、とした風情で入ってきた。眉ひとつ動かさず、主馬を見おろした。

縁側の明障子が風に打たれ、かたかた、と鳴った。

ざあざあと、木々がざわめいた。

二

登茂田が竹川に言った。

「おぬしがいてよかった。話は聞いたな」

竹川は主馬から目を離さずにこたえ、提げていた大刀を腰に帯びた。

「ことごとく」

主馬は膝に手をおいた端座の姿勢のまま、竹川の袴の裾から出た白足袋へわずかに顔をかしげただけだった。

竹川源四郎は、赤坂喰違《くいちがい》から紀伊《きい》家上屋敷裏手の土塀沿いに鮫《さめ》ヶ橋《はし》へとった鮫ヶ橋表町に居住する浪人だった。登茂田に隠密に使われている家臣同様の男だった。先月の雨の夜、平川町で村山景助を襲った折り、主馬が景助の前方に対峙し、竹川は景助の背後から猪川、勝田とともに迫った。

景助を斬れなかった主馬に、「斬れ」と雨に煙る闇の奥から幾度もかけた不気味な声を覚えている。景助を易々と撫で斬った竹川が、恐ろしい手足《てだ》れであることは間違いなかった。

「主馬が愚かなふる舞いをしようとしておる。竹川、この愚か者にわかるよう言うてやってくれぬか」

登茂田が言った。

「言うても、わからぬ場合は」

「わかるようにしてやれ」

「御意」

途端、竹川は右足を一歩踏み出し、両膝を沈めつつ左手でつかんだ大刀を抜き出すように鯉口をきった。

主馬の身体に戦慄が走った。

竹川を睨みあげ、束の間、火花の散るような沈黙が走った。

瞬間、ちゃ、と柄に手がかかったと見えた。同じ瞬間、抜き打ち様、端座した主馬へ斬りかかった。

頭上へ打ち落としたとき、刀が木枯らしのようにうなった。

「ええい」

「たあ」

二人の喚声が、がん、という鋼の音とともに交錯した。

間一髪だった。主馬は片膝立ちに身を起こし、左にかざした刀の柄をにぎって、半ばまで抜いた刀身で竹川の一撃を受け止めていた。

刃と刃が咬み合った。

咄嗟に、抜き放ちながら竹川の一撃を払いあげた。鞘を捨てて両手に柄をしっかりとにぎり、片膝立ちのまま竹川へ斜め下に斬り落とした。

竹川は明障子のほうへ廻りこんで、俊敏に一歩を大きく退いた。

退きながら、主馬のかえした一刀に空を斬らせ、即座に上段より主馬の顔面へ二の太刀を見舞った。

主馬の痩躯が躍動した。躍りあがりつつ、竹川の二の太刀をはじきあげた。はじきあげられた切先が格天井を打った。

一瞬の間があった。

すかさず袈裟懸を竹川へ、上段より打ちこんだ。

竹川は大きく身を退き、背中から明障子を突き破ると、風が砂埃を巻いて部屋へ吹きこみ、軒灯籠《ひ》がゆれ、ざわめく庭の木々が見えた。

黒光りを放つ拭い縁を踏み締め、竹川が体勢を立てなおしたときだった。

主馬の背後より猪川が襲いかかった。主馬は咄嗟に身をひるがえし、猪川の攻撃を横へ流し、ふりかえりつつ猪川の肩先をひと薙ぎした。

悲鳴をあげた猪川が、身をよじらせ横転していくのと、続いて打ちかかった勝田の一刀を、激しく撥ねあげたのがほぼ同時だった。

「わあっ」

勝田は叫んで飛び退《すさ》り、廊下の襖を押し倒して尻餅をついた。

すると、登茂田が部屋から廊下へ逃げるのが見えた。登茂田は主馬に見向きもせず、廊下を鳴らして走った。

「登茂田っ、逃げるか」

と、主馬は叫んだ。

登茂田は、騒ぎを聞きつけ様子を見にきた手代らをかき分け、突き飛ばした。

その背後に、主馬は見る見る迫った。廊下にいた手代らは、刀をかざした主馬が迫ってくるのに気づき、大騒ぎになって逃げまどった。

登茂田は廊下から土間へ飛び降りたが、大きな竈が四つ並んだ台所の土間で下女とぶつかった。下女が悲鳴をあげ、登茂田は下女ともつれて折り重なって転んだ。台所働きの下女や端女らの悲鳴と叫び声が飛び交った。積み重ねた膳がくずれ、茶碗や皿がけたたましく割れた。

登茂田は下女を突き飛ばし、慌てて立ちあがる。廊下を飛び降り、刀を上段にとって土間を突き進んでくる主馬を認め、

「助けて、助けてくれ、誰かおらぬか……」

と、必死に助けを呼んだ。

助けを呼びながら抜き放ち、台所の土間から大路地のほうへ逃げる。

半暖簾がさがった大路地への出入り口に手代や小僧らが固まっていた。手代や小僧らは、登茂田が血相を変え逃げてくるのに慌て、どやどやと前土間や店の間へ散らばっていった。

しかし、登茂田は暖簾を払って大路地へ走り出た途端、肉薄した主馬のひと太刀を背中に受けた。わずかに切先がかすめた浅手だった。

だが、背中に走った痛みに身体を仰《の》け反らせ、ひと声叫んでつんのめった。

裃が二つに割れ、肩衣が肩から落ちた。

大路地の石畳を這い、ふりかえると、主馬がすぐ足下にいた。

「主馬、や、やめろ」

登茂田は喚き、足をじたばたさせながら後退った。主馬が上段へとって登茂田を睨み据えた。主馬の目は怒りに赤く燃えていた。

登茂田のかざした刀は、震えが止まらなかった。

「落ち着け、主馬。は、話せばわかる」

「もはやこれまで」

主馬は叫んだ。前土間や店の間、大部屋に逃げた手代や小僧、樒崎屋を訪ねていた客らが、いっせいに「わあ」と喚声をあげた。

その一瞬、打ち落としかけた主馬の刀が止まった。束の間、人の命を絶つことをためらい、逡巡した。登茂田の目に、怯えが見えた。

主馬の身体が動かなかった。

雄叫びとともに、背中に深々と一撃を浴びたのはその束の間だった。

懸命にふりかえり、竹川の二の太刀を受け止めた。だが、竹川の膂力《りょりょく》には抗しきれなかった。左肩に刃を受け、撫で斬られた。

ああっ、と声がもれた。

血を噴きかけながら、土間にくずれおちた。

気を失いかけたが、すぐに自分をとり戻した。まだだ、と自分に言い聞かせ、手足を宙に泳がせた。身体をうつぶせ、大路地の石畳を手でかき、足搔き、前土間へと這っていった。

手代らが恐る恐る近づき、土間を這う主馬を見おろしていた。ようやく、前土間の表戸の下まで這ってきたとき、

「主馬、成敗いたす。立ち合え」

と、勝田が主馬の傍らにきて上から喚いた。

主馬は勝田を見あげた。

「よ、よかろう」

と、表戸の腰高障子の桟と枠をつかんで、懸命に踏ん張った。そして、刀を杖にし、よろけながらもかろうじて立ちあがった。腰高障子は、噴き出る主馬の血でたちまち真っ赤に染まった。

どこかで女の悲鳴があがっていた。

「こい、勝田」

主馬は血に染まっていく障子戸に凭《もた》れて、刀をだらりとさげた。

勝田がにぎった刀を震わせながら、上段へかざした。

「慮外者」

と叫び、打ちかかった。主馬は勝田の粗雑な袈裟懸をざっくりと浴びた。

しかし、次の瞬間、悲鳴をあげたのは勝田だった。主馬の薙ぎ払った刃が勝田の腰を鋭く舐めていた。

「痛い、痛い……」

勝田は刀を捨てて、前土間の石畳を転げ廻った。

竹川が勝田を見おろす主馬の前に立ちはだかり、眉をひそめて言った。

「しぶといな」

「いかねば、ならぬ。すべてを明らかにするのだ」

主馬は言いかえした。

「気の廻らぬ男が。終わりだ」

と、主馬の胸へ止《とど》めの突きを突き入れた。

刀が主馬の手からこぼれ、土間を転がった。それとともに凭れた腰高障子が、主馬の重みを支えきれず往来へ埃を舞いあげ倒れた。

主馬は倒れた戸の上に横たわり、もう動けないことを知った。

往来は木枯らしが吹き荒れ、砂塵が舞っていた。その風の中でも、騒ぎを聞きつけた近所の住人や通りがかりが、楢崎屋の店表を囲んでいた。

血まみれで横たわる主馬の周りで、人々が騒いでいた。

やっと、侍らしいことを少しだけやった気がした。愚かなそれがしのできる、これが精一杯でござる、と思った。

すぐに、何も見えなくなった。周囲の声も聞こえなくなり、吹きつける風の冷たさも感じなくなった。ただ、仰のけになった顔を誰かになでられているかのような、かすかな日のぬくもりを感じた。主馬は、おのれが消えゆく中で、

「お津奈、許せ……」

と言いかけた。だが、最後までは言葉にならなかった。

三

市兵衛は一日中出かけず、その知らせがくるのを雉子町の店で待った。

主馬に何かがあると、昨夕からずっと虫が知らせていた。

昨夕、主馬は喜楽亭に市兵衛を訪ねて言った。おそらく二、三日のうちには主馬の女房のお津奈が主馬の書状を市兵衛に預ける。それを読んで判断し……ならば、虫が知らせる何かがあるなら、二、三日のうちに違いなかった。何かがあれば知らせがくる、と思った。市兵衛は、今は不明の知らせがくるまで、出かけずに雉子町の店で待つことに昨日から決めていた。

雉子町の店にきたのは、藪下の店頭・お京の手下の金松だった。

昼すぎまで木枯らしの吹き荒れたその日の夕方、腰高障子に人影が差し、人影の甲走った声が響いた。

「唐木さん、唐木市兵衛さん、藪下の金松でやす。いらっしゃいやすか」

お知らせしてえことが、と声が続いた。

市兵衛と金松は、夕暮れの薄暗くなりかけた道を麻布の宮村町へ急いだ。急ぎながらも道々、経緯を金松から聞いた。

戸板に寝かせて筵茣蓙《むしろござ》をかぶせた主馬の亡骸《なきがら》が、荷車で運ばれてきたのは午後の八ツ半（午後三時頃）前だった。荷車を曳いてきたのは、麴町一丁目に土蔵造りの店をかまえる陸奥岩海領南城家の蔵屋敷・楢崎屋に奉公する男衆らだった。

裏店の住人がみな驚いて見守る中、男衆らは主馬の亡骸を寝かせた戸板を路地の主馬の住まいの前におろし、慌てて駆けつけた家主に言った。

この仏は藪下三十郎と名乗っているが、本名は戸倉主馬と言い、元は陸奥の岩海領南城家のご家来だった。およそ十一年前、家中である粗相を仕出かして国元から欠け落ちして、江戸に身をひそめていた。

十一年がたち、昔の知り合いが江戸詰めとなって、南城家蔵屋敷の蔵役人に出世しているのを聞きつけ、蔵屋敷の楢崎屋に知り合いを訪ね、昔のよしみで金を貸してほしいとたかり同然に申し入れた。

申すまでもなく、知り合いはそれを拒んだ。すると、戸倉主馬はそれを逆恨みし、激昂して知り合いへいきなり斬りかかった。知り合いのほかに、止めに入った何人かの蔵役人に疵《きず》を負わせた。やむなく、斬り合いの末に討ちとった、という経緯だった。

「先生が刀をふりかざして暴れ廻るので、やむを得なかった。不審なら、お奉行所に訴えてもらってけっこう。呼ばれればいつでも申し開きに出向くと、男衆らは言っておりやした」

と、金松は言った。

「ひどい疵だったのか」

市兵衛が訊くと、金松は「そりゃあ、もう」とこたえた。

主馬は背中にひと太刀深手を負い、左肩から右の腹までひと太刀、さらに左から右下へもうひと太刀の三つの疵を受け、止めは、胸に突き入れたひと突きだったらしかった。

「突かれた疵の周りにまあるく、大きな花のように赤黒い血の跡が広がっておりやした。むごたらしいもんでした。なんだか腑には落ちねえが、先生が自分から麴町の楢崎屋に乗りこんだことは間違いねえらしいし、先生は亡くなって話を聞けねえんだから、向こうの言い分を信じるしかしょうがねえんです」

「お津奈さんの様子はどうだ」

知らせを受けて飯炊きの仕事先から駆け戻ってきたお津奈は、集まった住人の囲む中に、戸板に寝かされ筵莫蓙をかぶせられた主馬の亡骸を認め、身体が激しく震え、足に力が入らないようなあり様だった。それでも懸命に駆け、よろけて思わず転びそうになりながら、戸板の傍らに両膝をついた。

震える手を筵莫蓙のほうへのばした。

「うちの姐さんのお京さんが、お津奈ちゃん、むごたらしいけど、気を確かに持ってねって、横からお津奈さんを力づけやした。そりゃあ、見るのはつらい。男だって目をそむけるようなあり様ですからね」

と、金松は言った。

お津奈は一度ためらってから、筵莫蓙を恐る恐るめくった。

「あっしもそばで見ておりやした。先生の顔はむごたらしく血飛沫が散って、血の気を失い土色になっていやした。けど、静かに目を閉じた寝顔のようで、今にも閉じた瞼《まぶた》を開けそうに見えやした。先生を見て、どうしてって、お津奈さんは言ったんでやす。むろん、先生は瞼を開かず、何もこたえやせん。土色の木偶みてえに痩けた先生の頰を両掌でくるんで、可哀想に、とお津奈さんが呟くのが聞こえやした。お津奈さんの涙が、先生の顔にぽたぽたと落ちましてね。なんでこんなことに、何があったの……と言いながら、あとはもう言葉にならず、肩を震わせて咽《むせ》び泣いておりやした。悲しみがこみあげ、息ができなくなったみてえな苦しそうな泣き声をあげておりやした」

お津奈は、亭主の藪下三十郎が、本名を戸倉主馬と言い、元は岩海領南城家の家臣だったことや、わけがあって国元から欠け落ちしたことも聞かされていなかったはずである。女房なら、どういう事情が亭主の身にあったのか、何もわからず、さぞかしもどかしい思いに苛まれているだろうと、察せられた。

麻布まできたころには、日はすでに暮れ、風は止んでいた。

四畳半に狭い板敷があるだけの、路地奥の貧しい小さな裏店で、主馬の通夜が行われていた。主馬の亡骸は「わたしがやります」と、お津奈がひとりで湯灌《ゆかん》をし、晒し木綿の経帷子《きょうかたびら》を着せ、早桶に納めた。

香華《こうげ》や燈燭《とうしょく》などの供物、僧を呼び、棺の桶などの手配は、藪下の店頭のお京がとり仕きり、藪下の若い者や路地の住人らが手分けして手伝った。

市兵衛と金松が店に着いたとき、僧の読経《どきょう》が始まっていた。お津奈が市兵衛を見ると、青ざめた顔を寂しげにこくりと頷かせた。お京が市兵衛を手招き、

「藪下の先生が、こんなことになっちゃいましたよ」

と、やりきれなさそうに言った。

「ここで藪下さんに馳走になったのです。今度はわたしがふる舞う約束でした。約束を果たせぬままです」

市兵衛はお京に言った。それから、通夜に集まった住人らにまじって焼香をした。藪下の女たちも客を迎える合間を縫って焼香をあげにきた。藪下の女たちは目を潤ませ、

「気の優しい、本当にいい先生でした」

と、文平を抱いたお津奈に言い残し、勤めに戻っていった。

僧侶の読経が済むと、お京と手下の若い者の世話で、わずかに残った者たちの寂しい通夜の酒になった。

酒になってからようやく、市兵衛は文平を抱いたお津奈と、主馬の亡骸を納めた早桶のそばで向き合った。赤ん坊の文平は、お津奈の懐で何かを感じるかのように大人しく母親を見あげているのがけな気で、哀れを誘った。

「残念です。言葉が見つかりません。ご冥福を祈るのみです」

市兵衛はお津奈に頭を垂れた。

「唐木さん、お呼びたてして申しわけありません。こんなことになってしまいましたけれど、うちの人が言ったんです。唐木さんに頼めって。ですから……」

市兵衛は頷き、こたえた。

「承知しております」

お津奈は、え？　という顔つきを見せた。

「昨日の夕暮れ、藪下さんが訪ねてこられたのです。わたしを用人役に雇いたいという申し入れを受け、わたしは申し入れをお受けいたしました。よって、藪下さんのおかみさんはわたしの主筋《しゆうすじ》になります。藪下さんはもうおられません。

今はお津奈さんがわたしの雇い人です」

「用人？」

お津奈が首をかしげた。

「用人とは、一家の台所勘定の始末をつけることが主な役目です。それ以外にもできることがあれば、お引き受けいたします」

そばで聞いているお京と金松が、不審そうに市兵衛を質した。

「先生が、唐木さんを雇ったんですか？　用人役に？」

「するってえと、唐木さんがお津奈さんと倅の文平ちゃんの、面倒を見るってえことなんでやすか」

お京と金松が言った。

「正確には、お津奈さんと文平さんのこれからの暮らしがたつようにすることが藪下さんに命じられた仕事です。お津奈さん、藪下さんよりわたしあてに託《ことづ》けられた書状がありますね」

はい、とお津奈は頷いた。

「うちの人は、どこへ何をしに出かけるのか、わたしには何も言ってくれませんでした。戸倉主馬という名前だったことも、南城家の家来だったことも、亡くなってからやっと知ることができました。うちの人が女房のわたしに何も言わなかったのは、きっと言えないわけがあったんだと思います。うちの人が決めてそうしたのだったら、それでいいんです。けれど……」

お津奈は、こぼれる涙をぬぐった。それから、折り封にくるんだ書状を懐から抜き出し、

「唐木さんに、これをおわたししたかったんです」

と、主馬の書状を差し出し、市兵衛の膝の前においた。

「今朝、うちの人が言ったんです。出かけなければならない用ができたので出かける。用が長引き二日がたって戻ってこなければ、この書状を唐木さんにわたすようにとです。昨日の夜から今朝の明け方まで、ひと晩をかけて書きあげていました。亡骸は戻ってきたけれど、うちの人は戻っては来ません。二度と戻ってくることもありません。ですから、少しでも早くこれを唐木さんにおわたししたかった。きっと、うちの人はそれを望んでいると思います」

「お津奈さんは、この書状に書かれたことをご存じではないのですね」

「何も、知りません。わたしは字が読めないのです。知りたければ、唐木さんに訊けば教えてくれると、言っていました。唐木さん、これを読んでわたしに教え

てください。藪下三十郎はどういう人で、何をしようとしていたのか。どうしてわたしの亭主になり、わたしと暮らしていたのか。恥ずかしいけれど、わたしは藪下三十郎のこと、戸倉主馬という人のことを何も知らないんです」

お津奈の苦しそうな眼差しが、痛々しかった。

「わかりました。読ませていただきます」

市兵衛はお津奈の差し出した書状を受けとった。それは分厚く、主馬の思いをこめた重たさが掌に感じられた。

市兵衛は通夜の燈燭の明かりを頼りに、主馬の早桶のそばで主馬の書き残した書状を読んだ。途中、懐中算盤をとり出し、ちっちっ、と音をたててそれをはじいた。お津奈が文平に乳を与えながら、市兵衛の様子を見守っていた。

お京と金松が、へえ、という顔つきを向けていた。

書状を読み終えてから、市兵衛はどのようにとり計らうべきか、空が白むまで考え続けた。この書状は戸倉主馬の遺言状と言うべきものだった。主馬は自分の命を終えるために楢崎屋へ出向いた。そうとしか思えなかった。

お津奈は文平を抱いたまま、疲れてうつらうつらしている。お京や金松や藪下の若い者らは、布団をかぶってごろ寝をしている。夜を徹して焚いた香がほのかに香り、竈に一晩中燃えていた火が店を暖めていた。

表の腰高障子は夜明けが近づくにつれ、だんだんと白み始めた。鳥の鳴き声が遠くの空を渡っていった。

市兵衛は、あのとき石のように動かなかった主馬の抱えている負い目の深さに、胸が痛んだことを思い出した。主馬が申し入れ、託した意図が胸を刺すほどの痛みで市兵衛には感じられた。

主馬の亡骸を納めた早桶を見つめて、あのときのように言った。

「戸倉さん、この務め、受けた」


翌日は風もなく、穏やかに晴れた冬の空が広がった。

火葬場で荼毘《だび》に付された主馬の遺骨を、お津奈は母親の墓がある永坂《ながさか》の真宗《しん》の光照寺《こうしょうじ》の墓地に葬った。

僧の読経が済み埋葬が終わると、お津奈は参列した近所の住人に頭をさげて廻った。それから、通夜のみならず最後の埋葬にまで立ち会ったお京や金松、藪下の若い者らに、改めて礼を言った。お京が明るい日射しの下で笑い、

「いいんだよ。これまで藪下の先生に世話になったせめてものおかえしさ」

と言った。そして、お津奈が抱いた文平の頰をなでた。

「文平は本当にいい子だね。おっ母《か》さんを困らせずに、ずっと大人しくしていたものね。この子はきっと、お父《と》っつあんのような優しい男になるよ」

お津奈は最後に市兵衛に礼を言った。

「礼にはおよびません。わたしはまだ、藪下さんから受けた仕事を果たしていません。これから務めを果たしにいきます。おそらく、数日中にまたおうかがいできるでしょう。藪下さんが何を書き残したのか、何をしようとしたのか、その折りにお話しします。それで、よろしいですね」

「はい。その折りに……」

「唐木さん、これからうちで、藪下の先生を偲《しの》んでみなで一杯やるけど、唐木さんもこないかい」

お京が市兵衛を誘った。そして、

「新しい用心棒も雇わないといけないし」

と、唇の赤い紅を光らせ、ねっとりと市兵衛を見つめた。

「お京さん、金松さん、果たさねばならない仕事がまだ済んでいないのだ。またの機会にしましょう」

お京が、ううん、と拗《す》ねた様子を市兵衛に見せた。金松がそんなお京に、姐さん、こんなときにおよしなさいよ、というふうにお京の袖を引いた。

踵をかえしいきかけた市兵衛は、ふと、立ち止まった。お津奈へふりかえり、風のような微笑みを投げた。

「お津奈さん、恥じることはありません。お津奈さんは、ご亭主のことを全部知っています。藪下さんは、戸倉主馬ではなく藪下三十郎なのです。藪下さんの書き残した書状を読んで、それがわかりました。戸倉主馬も南城家の侍だった身分も、所詮はかりそめの衣にすぎず、藪下さんはかりそめの衣を脱ぎ捨てお津奈さんと生きた。それが藪下さんの全部です」

「ありがとう、唐木さん。うちの人が、こういうこともあるよ、と寂しく笑いながら言っている気がします。藪下は笑うと、かえって寂しそうに見えるんです。寂しい人でしたけれど、わたしにはいい夫でした。この子とよき思い出を残してくれました。うちの人と夫婦になって、わたしは幸せでした」

お津奈は澄んだ冬空の下で、また少し涙ぐんだ。

四

江戸城の中之口番所のある板敷をあがったところから、中之口御廊下の幅二間(約三・六メートル)長さ十六間半(約二十九・七メートル)が、北の御納戸部屋前の御廊下へいたり、南は六尺部屋の前から西へ折れて幅一間半(約二・七メートル)長さ十間(約十八メートル)が蘇鉄之間へ通っている。

中之口は、小普請支配、両番組頭、中奥番、勘定吟味役、奥表両祐筆など万石以下の諸有司、また召喚《しょうかん》を受けた幕府の軽輩や諸家の役人で控所のない者が出入りし、三季のお張紙が張り出されるのも中之口である。そのため、中之口御廊下は張紙廊下とも呼ばれていた。

中之口御廊下には御徒番所や御目付御用所、表坊主部屋などがあり、南北の御廊下が西に折れる曲がり角に湯呑所がある。

諸大名の登城日、江戸城において諸大名に飲食の接待はない。茶も出ない。よって、茶を飲みたくなった諸大名は、それぞれの控えの間から目だたぬように抜け出し、この湯呑所へきて表坊主の世話で茶を喫するのである。

　このとき、湯呑所で大名同士が顔を合わすと、挨拶を交わし、茶を喫しながら様々な世間話を交わす。ときには、諸大名間の表沙汰になっていない噂や評判の話になったりすることもある。茶の世話をする表坊主はそういう話を仄聞《そくぶん》し、ほかの諸大名の聞番や御留守居にこっそり教え、幅を利かせるのである。むろん、ただで幅を利かせるわけではない。

　この湯呑所で茶を喫するのは、諸大名ばかりではない。諸役の違う組の者が会って、正式ではない表沙汰にもしない談合をひっそりと交わす場合もあった。

　麹町の蔵屋敷で戸倉主馬狼藉の一件があってから、数日がたったある日、南城家江戸家老の遠山十左衛門は、幕府十人目付筆頭格の片岡信正より面談の申し入れを受けた。幕府よりの正式の召喚ではなかった。畏れ入るがご足労願いたい、というむしろ丁重な申し入れであった。

　それでも遠山は、「もしかしたら、戸倉の一件か」と動揺した。

　公儀目付は、旗本以下の諸士を監視監督する役目である。だが、目付の役目はそれだけでは終わらず、諸大名の動きや政を監視し、老中すらへも目を光らせ、将軍に直答を許されている。能吏《のうり》と言われ、恐れられてもいる。

　遠山は、幕府十人目付筆頭格の片岡信正の名は知っていた。

温厚だがきれ者で、油断がならぬ、と噂や評判を聞いた覚えがあった。

翌日、一張羅の裃姿で登城した遠山は、中之口番所にて「御目付片岡信正さまのお呼び出しにより……」と、とり次を頼んだ。

さほど待たされず表坊主が現れ、中之口御廊下から香ばしい茶の香りがする暖かな湯呑所へ案内された。御目付御用所か目付部屋に案内されると思っていたため、遠山は意外に思った。

「こちらで？」

と、茶の支度をした表坊主に訊ねた。

「はい。片岡さまはすぐにお見えになられます。どうぞ、お召しあがりください」

湯呑所は、遠山と茶の世話をする表坊主のほかに人気《ひとけ》がなかった。その日は諸大名の登城日でもなかった。中之口御廊下を通りすぎてゆく人の気配だけがあった。遠山はかえって、どういうことだ、と不審をつのらせた。

やがて、湯呑所の黒塗り桟と腰板の黒地に金の絵模様を描いた障子戸が開き、白衣に黒裃を着けた肩幅の広い長身の侍が現れた。

穏やかな顔つきに、小さな笑みを浮かべて黙礼を遠山へ寄こすと、青畳をかすかにすり足で鳴らし、遠山の前に一間半ほどの間をおき袴を払い着座した。

「片岡信正でございます。わざわざのおこし、畏れ入ります」

　信正は畳に手をつき、静かな低い語調で言った。

　きれ長の目の精悍な顔だちは、四十代半ばの年ごろに見えた。だが、五十四歳と聞いている。遠山は、少々、気圧される感じを受けた。膝を改め、手をついて深々と低頭した。

「南城家江戸家老を相務めまする遠山十左衛門でございます。御目付さまのお呼び出しにより、参上いたしました。よろしくお見知りおきを願います」

「どうぞ、手をおあげくだされ」

と信正に勧められ、遠山は手をあげた。

　信正は穏やかな顔つきのまま、二言三言、南城家の国元の岩海や今は国元にいる主君の話題などにそれとなく触れた。それから、表坊主の運んできた茶を心地よさげに一服した。遠山も茶を含み、信正がくつろいだ様子で茶碗を傍らへおく様を用心深く見守った。信正は不作法にならぬ程度の笑みを浮かべ、

「さて、本日おこしいただきましたのは、南城家江戸家老の遠山さまに少々お訊ねいたしたき儀がございましてな」

と、笑みをひそめてきり出した。

お訊ね？　なんだ、と遠山は茶碗をおき、身を硬くした。

「どのようなお訊ねで、ございましょう」

「先日、半蔵御門外の麴町一丁目に店をかまえる南城家蔵屋敷の楢崎屋において、死人や怪我人を出す斬り合いが、あったようでございますな」

遠山は少しうろたえつつも、やはりそれか、と思った。

「あ、はい。た、確かに、ございました。あれは……」

と言いかけて、束の間、口ごもった。

「あれは？」

口ごもった遠山を、信正が静かに促した。

「あ、あれは、十年以上前、お役目に粗相があって国を欠け落ちし、ただ今は江戸暮らしをしておりました元南城家の浪人者が、国元にて顔見知りであった蔵役人に目をつけ、強請《ゆす》りたかりまがいに金品の無心にきたところ……」

と、遠山は事の経緯を差し障りのない程度に語った。

「楢崎屋では大騒ぎではございましたものの、三名の蔵役人以外は奉公人などに怪我人はなく、ご町内を騒がせることもございませんでした。それは幸いだったと、思っております」
「ふむ、ご町内を騒がせることはなかった。麹町は町方支配ですが、それゆえ町
奉行所にはお届けになっておられぬのですね」

「それもございます。ですがそれよりも、狼藉を働いたとは申せその者はすでに討ち果たされ、落命いたしております。しかもその者には女房と幼い子がおり、どうやら、かなり暮らしに困窮した挙句に強請りたかりまがいの狼藉におよんだと思われ、町方に届けますのは何も知らぬ女房子供にまで累がおよびかねません。よって、そこまですることはあるまいと重役方と相談し、亡骸を女房子供の下にかえしたのみにて、町方に届けを出してはおりません。むろん、町方のお調べが入れば、ありのままに申し開きいたす所存でございます」

「なるほど、何も知らぬ女房子供にまで亭主の罪を負わすのは可哀想だ。狼藉者の名は、確か、戸倉主馬でございましたな。元は南城家蔵方で、十一年前、国元から欠け落ちした。理由は、単独でかあるいは複数でかはわかりませんが不正に手を染めそれが発覚したため、でございましたな。いかなる不正だったかは、遠山さまはご存じでしょうから措いておきますが」

遠山は平静を装った。

「住まいは麻布宮村町。藪下と言われる岡場所の用心棒稼業を生業とし、女房は麻布十番馬場町の馬喰相手に営む平旅籠で飯炊きをするお津奈。半年前に生まれた倅は文平。親子三人暮らしにて、国元には隠居した両親と妹を残しておりましたが、両親も妹もこの十一年の間にすでに亡くなっております。戸倉主馬の両親と妹の亡くなった事情は、当然、遠山さまはそれもご存じでしょうな」

「はい……」

さり気なくこたえたが、遠山は信正がそこまで知っていることにいよいよ不審を覚えた。こめかみを冷たい汗が伝った。

「ところで、遠山さま。先月半ば、麴町の隣の平川町において、南城家蔵役人の村山景助どのが何者かに襲われ斬られた一件がございましたな」

と、信正は物静かに続けた。

遠山は、あっ、と出かけた声をかろうじて抑えていた。

「村山どのが斬られた一件は、江戸の町方支配の町家で起こったにもかかわらず、町方は南城家上屋敷や蔵屋敷を調べることができず、探索はうやむやになっております。町方の初動の調べによれば、物盗り追剝ぎの類ではなかったと聞いております。あの一件もご家中で厳しくご詮議なさっておられるでしょうが、ご詮議の進み具合はどのようになっておるのでございますか」

村山景助斬殺は南城家の内輪の事柄である。御公儀にとやかく言われる筋のものではないはず、と遠山は内心で言い聞かせた。

「村山景助の一件につきましては、国元より志布木時右衛門と申す南城家の目付が差し遣わされ、詮議をいたしております。遠からず、事情は明らかになるものと考えております」

ふむ、と信正が頷いた。そして、遠山の虚を突くように言った。

「南城家目付の志布木時右衛門どのは、戸倉主馬の幼馴染みであることを、遠山さまはご存じでございますか。ともに今年四十一歳。岩海城下の神武館道場で童子のころより一刀流を学んだ間柄です。志布木時右衛門どのと戸倉主馬は、古き友の間柄です」

「ええっ」

堪えきれず、声が高くなった。茶釜のそばの表坊主が、遠山へ顔をあげた。遠山は、信正が南城家の内情を相当詳しく知っているらしいことに驚きを隠せなかった。どこまで知っているのだ、と恐れた。

「戸倉主馬は元蔵方。村山景助どのも蔵方。村山景助どのはなぜ斬殺され、戸倉主馬はなぜ、蔵屋敷の楢崎屋で狼藉を働いた末に討ちとられたのでしょうか」

「村山景助の一件は、志布木時右衛門が今に明らかに……」

「戸倉主馬の件は？」

「そ、それは暮らしに困窮し、強請りたかりまがいに押しかけ狼藉を働き……」

「遠山さま、戸倉主馬は、何かの事情があって楢崎屋を訪ね、そこで何かがあった挙句に狼藉者として討ちとられた、とは考えられませんでしょうか。もしかして、村山景助どのが斬られた理由と、戸倉主馬が討ちとられた理由が同じだったということは、ないのでしょうか。なぜなら、戸倉主馬は村山景助斬殺の事情を知っており、古き友の志布木時右衛門どのにそれを伝えるために、討ちとられるのは承知のうえで楢崎屋に出向いた、とは考えられぬでしょうか」

遠山は言葉がなかった。喉を鳴らし、唾を呑みこんだ。

「申しわけございません。それがしの埒もない推量でございます。しかしながら、埒もない推量が的はずれとは限りません。偶然、的を射ておるかもしれません。そこで遠山さま、お願いがございます」

信正の顔つきは、冷たく思えるほどに落ち着き払っていた。

「い、いかような」

「わが存じ寄りの者に、戸倉主馬といささかかかわりのある者がおります」

「片岡さまの存じ寄りの方が、と、戸倉主馬とでございますか？」

「さようです。その者が戸倉主馬より託された、南城家目付役の志布木時右衛門どのに宛てた書状がございます。存じ寄りの者の申すところによれば、戸倉主馬の書状は、ひとり志布木時右衛門どののみならず、南城家に宛てた書状と見なして差し支えないとのことでございます。本日午後、その者が外櫻田の南城家上屋敷へ戸倉主馬の書状を届けにあがるはずでございます。身分なき者ですが、何とぞ門前払いをなさらず、戸倉主馬の書状をお確かめいただいたうえ、その者と面談をしていただきたいのでございます」

「面談をとは、どういうことでございますか」

「会っていただければ、わかると存じます」

「片岡さまは、戸倉主馬の書状をすでに読まれておるのでございますな」

「知らぬ、とは申しません。ですが、戸倉主馬が何を書き残そうとも、幕府目付役として南城家ご家中の内情を詮索するつもりはないと、申しあげておきます。村山景助どの殺害と戸倉主馬の狼藉は江戸の町家で起こった事柄ではございますが、南城家の家中の事柄は、南城家において処置なさるであろう、幕府の目付ごときが口出しすることではあるまいと思っております。よって、本日はそれがしの一存にて、遠山さまにおこしいただきました。それがしの一存ゆえ、この湯呑所にてでございます」

信正は言い、破顔一笑《はがんいっしょう》した。

「ただし、わが存じ寄りの者が、戸倉主馬の書状を携え、戸倉主馬の面目を施す訴えを御公儀に出さぬ限りにおいては、でございますが」

遠山は首をかしげた。信正の言葉は何かしら不気味で、意味ありげだった。

「その方の、お名前は……」

「唐木市兵衛と申します。渡りの用人稼業を生業とする浪人者でございます」

唐木市兵衛？　誰だ、と遠山は思った。

五

その日の午後、市兵衛は床の間と床わきの棚を正面に端座していた。

左手は明障子が一枚開けられ、艶やかに光る塗り縁の先に石灯籠と築山のある内庭が見わたせ、内庭を囲う練塀とつま戸に西日が射していた。右手の廊下と背後の次の間の襖がたてられ、山水の襖絵や次の間の鴨居の上の、菱格子の欄間が十万石の大名家らしい趣きを見せていた。

市兵衛が南城家の上屋敷を訪ね、とり次の家士の案内でこの書院に通されてから早や一刻ばかりがすぎていた。茶が出されたが、そののちは人の気配はいっさい途絶え、廊下を通る足音も庭に飛び交う鳥の声もなかった。

まどろみを誘う沈黙が続き、邸内は静寂に包まれていた。

寒くはなかったが、書院の中は空虚な冷ややかさがわだかまっていた。

一刻余か……

市兵衛は床の間へ目を投げ、ぽつんと呟いた。

そう呟いてからさらに四半刻がたち、練塀に射していた日が、きたときよりもだいぶ傾いたころ、次の間に足音がした。

「ご家老さまがお見えです」

襖ごしに声が聞こえた。市兵衛は座を庭側へずらして畳に手をついた。襖が開けられ、裃の袴の裾から出た白足袋の家士が書院に入り、床の間のほうへゆくのを見守った。家士は二人である。次の間の襖が閉じられ、市兵衛は改めて床の間のほうへ向きなおり、手をついた。

「唐木市兵衛さんですね。どうぞ手をあげてください」

二人が床の間を背に着座してから、若やいだ声が言った。

「唐木市兵衛でございます。突然にお訪ねいたしましたご無礼を、お詫び申しあげます」

市兵衛は手をあげ、膝においた。

ひとりは五十前後に見える年配で、背中が丸く、鬢に白髪がまじっていた。不機嫌そうに結んだ薄い唇を曲げ、訝しむような眼差しを、遠慮なく市兵衛に寄こした。今ひとりは、背筋を伸ばした細身の身体に納戸鼠の裃を隙なく着こなし、市兵衛と同じ四十歳前後と思われた。

鋭いひと重の目と細面の相貌に、俊敏さが感じられた。

市兵衛は、火熨斗をかけて質素なりに拵えて、いつもの古い紺羽織と細縞の小倉袴である。

「江戸屋敷を預かる家老の遠山十左衛門でござる。この者は南城家目付・志布木時右衛門でござる」

と、年配の遠山が不機嫌なまま言った。

「志布木時右衛門です。お見知りおきを」

　時右衛門は会釈をくれたが、遠山は瞼をしばたたかせたのみだった。

　時右衛門は、主馬の分厚い書状をくるんだ折り封を膝の前におき、日に焼けて筋張った長い指先で市兵衛のほうへ少しすべらせた。それから真顔を市兵衛に向け、若やいだ声で言った。

「戸倉主馬の書状は読みました。主馬はわが幼馴染みです。子供のころから城下の神武館道場でともに一刀流の稽古をした仲です。主馬がこの書状を残した心情が察せられます。若き日が甦ってきました」

「お察しいただき、安堵いたしました」

　市兵衛は書状へ目を落とし、時右衛門にこたえた。

「卒じながら、お訊ねいたします。主馬はこの書状を、なぜ唐木さんに託したのでしょうか。主馬と唐木さんがどのようなかかわりだったのか、お聞かせ願えませんか」

「戸倉さんとは、仕事のうえで知り合いました。初めは相対の張り合いになりましたが、気が合ったのです。戸倉さんの店に呼ばれ、馳走になり、酒を酌み交わしました。知り合って、まだひと月もたっておりません」

「相対の張り合い、とはどのような」

「剣を交えました。ただ戸倉さんは、本心で斬る気はありませんでした。実はわたしもそうです。双方、嚇《おど》せばよかった。そういう張り合いです」

時右衛門と遠山は市兵衛を見つめ、束の間をおいた。

「主馬は、藪下という岡場所の用心棒をしていたと聞いております。仕事のうえで知り合ったということは、唐木さんも岡場所で仕事をなさっているのですか？渡りの用人稼業とご家老からうかがったのですが」

「藪下と別の岡場所の間でもめ事があり、その仲裁役を頼まれたのです。仲裁のかけ合いに藪下へ出向き、戸倉さんと知り合いました。戸倉さんは藪下三十郎と名乗っておられました」

「用人稼業が、岡場所同士のもめ事のかけ合いを？」

「かけ合いは損得をもめ事の当事者双方に明快に示し、損と得を秤《はかり》にかけて落しどころを見つけます。入るお金と支払いを勘定し、その家の暮らしの始末をつける用人の仕事と同じなのです。戸倉さんは蔵方の役目に就いておられ、算盤ができましたから、わたしの仕事をよくわかっておられました」

「岡場所の用心棒やら渡り用人やらと、無頼者まがいの真似をして、みっともない侍がふえましたな」

遠山が横から苦々しげに、しかもかなり露骨に言った。時右衛門は一瞬、市兵衛から目をそらした。

「戸倉さんは、岡場所に身を売った女や見世を営む亭主、岡場所を差配する店頭や若い者に信頼されておりました。剣が達者だったからだけではなく、人柄が優しく、真面目で、みなに好かれておられたのです。戸倉さんの葬儀には、藪下の女たちも見世の勤めの合間を縫って焼香にきたほどでした。平旅籠の飯炊きをしている働き者の女房がいて、幼い赤ん坊の父親であり、無頼者ではありません。渡り用人が無頼者、というのはあたっていなくはありませんが」

市兵衛は、小さく笑って言った。

「汚らわしい生業の汚れた者らに信頼されようが、焼香をされようが、そんなものは自慢にならぬ。侍の面目を汚すようなものだ」

「正しき生業を汚す者もいます。正しき者らのふる舞いの中にも、偽りはあります。戸倉さんは、いや、藪下三十郎さんは真っすぐに生きておられた。よき男と知り合えたと思っています」

「埒もない。よき男と知り合えただと。言うのは勝手だが……」

「ご家老」

時右衛門が止め、遠山は眉間に皺《しわ》をよせて沈黙した。

「唐木さん、主馬がこの書状を、知り合ってひと月にもならぬ唐木さんに託したわけを聞かせてください。真偽は措くとして、主馬の書状には唐木さんとはなんのかかわりもない、申すまでもなく御公儀ともなんのかかわりのない南城家の事柄が書かれてあります。それをなぜ、唐木さんだったのですか」

「戸倉さんは誰かに託すしかなかったのです。戸倉さんがこの書状で明らかにした南城家の事柄を志布木さんのみならず、南城家に伝えなければならぬときは、おそらく、自分がこの世の者でないと覚悟しておられたのです。そのため、戸倉さんは渡り用人のわたしを、用人として雇われた。自分はいなくとも、残された妻と倅の台所勘定の始末をつけるように、とです」

「残された妻と倅の台所勘定の始末をつける？　どういう意味ですか」

「この書状を、買っていただきたいのです」

市兵衛は、時右衛門との間においた書状を指差して言った。

時右衛門は市兵衛を見つめ、小さく繰りかえし頷いた。しかし、遠山は蔑みを隠さなかった。

「なるほど。それで御目付さまか。合点がいきました。幕府の御目付さまと素性の知れぬ一介の渡り用人とどのようなつながりがあるのかと、訝しかった。二、三訊ねて、唐木さんがどうやら御目付さまの遠い縁者らしいと聞けましたがな。要するに、戸倉の書状を南城家に高値で売りつけて、山分けになさるおつもりでしたか。魂胆が見えましたな」

「ご家老、お控えなされたほうが……」

時右衛門が小声で諫《いさ》めた。

「かまわぬ」

と、遠山は市兵衛を睨んだ。

「そのような素性の知れぬ一介の渡り用人と、門前払いをなさらずお会いいただき、畏れ入ります。御目付さまのお力につくづく感じ入りました」

市兵衛は、それとなく皮肉をかえした。

「片岡さまは、長年にわたり浪人の身のわたしがお近づきを許されている御目付さまです。片岡さまは、この書状をわたしがどのように扱うか、何もご存じではありません。片岡さまのお口利きを不審に思われるのは、ごもっともです。ですが、どういう手段を用いようとも、何を優先すべきかを秤にかけて勘定をつけるのが用人の務めと心得ております。戸倉さんの依頼を果たすためには、素性の知れぬ一介の渡り用人が門前払いにならず、遠山さまや志布木さまにお会いいただかねばなりませんでした。片岡さまはわたしを信じて、門前払いにならぬようにとり計らってくだされたのです。片岡さまには心から礼を申しあげる所存です。ただ、それ以上のことは何もありません。戸倉さんの書状を売りつけて、山分けもありません。ご懸念は無用に願います」

遠山は顔をそむけ、不満そうに黙りこんだ。

市兵衛は時右衛門へ向きなおった。

「志布木さま、戸倉さんがこの書状をわたしに託したわけを、じつはわたしもなぜかと思っておりました。そのわけが、書状を読んでわかった気がしました。戸倉さんがわたしを店に招いて馳走してくれた折り、まだ半年の倅を負ぶって、台所で酒と肴の支度をしておられた。戸倉さんはそういう自分になんの屈託も感じておられなかった。わたしにはそう見えました。あれは、味噌煎餅ではないかと思うのです」

「味噌煎餅？」

「戸倉さんが書状に書いておられます。志布木さまと戸倉さんが子供のころ、神武館道場の稽古が済んだ帰り道の掛茶屋で、味噌煎餅を食べながらいろんな話をして、ときを忘れたそうですね。志布木さまという友がいて、戸倉さんはさぞかし楽しかったのでしょう。戸倉さんはわたしに馳走をしてくれたあの折り、志布木さまと食べた味噌煎餅を思い出されていたのではないかと、思えてならないのです。楽しかった子供のころの思い出です。志布木さまとは比べられませんが、戸倉さんは、わたしを信じてこの書状を託したのです。友として信じてくれたのです」

時右衛門はこたえず、物思いにふけるかのように目を伏せた。何かを思い出したのか、時右衛門の頰が少し赤らんだ。

遠山が時右衛門の様子に気づき、えへん、と咳払いをした。それから、そむけていた顔を市兵衛に向けた。

「唐木さん、無礼を申しました。御目付の片岡さまのお口利きにもかかわらず、慮外なことを勝手に言いたて、相済まぬことでござる。決して本心からではございません。何とぞお許しくだされ。何しろ南城家の恥になる事柄のため、つい、悪い方に気を廻してしまいました。唐木さんのお人柄はわかりました。このとおり、お詫びいたします」

と、遠山は不機嫌そうだった顔つきを改め、頭をさげた。

「いいえ。江戸屋敷を預かるお役目の遠山さまが用心をなさるのは、当然のことです。お気遣いにはおよびません」

「そこで、お訊ねしたい。この書状を南城家が買い求める値打ちがあると、唐木さんはお考えなのですか」

「値打ちはあると、申せます」

「ここに書かれてあることが真実と証《あか》す、証拠がありますのか。あるいは証人がおりますのか」

「この書状の真偽は、村山景助どのの斬殺と戸倉さんが自らの命を懸けたことで明らかです。この書状にもとづいてお確かめいただければ、必ずやすべてが詳《つまび》らかになります。十一年前の岩海鉄器の不正の一件は、登茂田治郎右衛門どの、猪川十郎左どの、勝田亮之介どの、仲買商・富松屋の忠治、そして戸倉さんの五人でやっていたことは明瞭です。のみならず、登茂田どの、猪川どの、勝田どのの三名が、村山景助どの斬殺の首謀者であることも明らかです。戸倉さんひとりに罪を負わせて生きのびた三名は、五年がたって江戸詰めになり、不正疑惑のほとぼりが冷めたと判断したのか、またしても不正に手を染め、それに気づいた村山どのの抹殺を謀《はか》った。もしかするとその不正には、蔵元・楢崎屋嶺次郎と掛屋の松前屋伝左衛門がなんらかのかかわりがあるのかもしれない」

市兵衛は遠山から時右衛門へ目を移した。

「戸倉さんは、十一年前は父母と妹のためひとりで罪を負い欠け落ちし、十一年がたった江戸で、今度は病の倅の命を救うために、かかわりのない村山景助どの斬殺に加担させられた。その結末は、父母と妹の悲惨な最期であり、自ら選ぶしかなかった死です。傍から見れば、戸倉さんのふる舞いは愚かでも、傍からではなく真っすぐに向き合っていた戸倉さんには、愚かさこそが進まざるを得ぬ道だったのではありませんか。その挙句に、戸倉さんはこの書状を残し自分の愚かさに自ら決着をつけたのです。遠山さま、志布木さま、この書状はお買いあげいただく値打ちがあります」

遠山はうなった。

「事は簡単ではありません。登茂田、猪川、勝田の三家は、南城家の中では指折りの由緒ある家柄でござる。わたし自身の縁者にも、その三家のひとつにつながる者がおります。三家とも、高知衆の役職についておる者を含めて、家中では侮れぬ人脈と勢力を持っております。これが事実とわかれば、三家の改易はまぬがれぬ。家中は大騒ぎになるでしょうな。お家騒動になる恐れもある」

「村山景助は、江戸の蔵屋敷を探らせるため蔵方に就け、江戸詰めにしていたのです。殿さまもご承知のはずです。登茂田、猪川、勝田の三家はもはや、獅子身中の虫と申さざるを得ません。十一年前も、疑いの目を向けられたが、戸倉の欠け落ちによって三家は疑惑から逃れた。しかし、これまでです。ご家老、やるしかないのではありませんか」

時右衛門が遠山に言った。

「確たる証拠もなく三家を追い詰め、家中の誰もが納得できるように罪を明らかにできなければ、逆にわれらの立場を危うくするどころでは済まなくなるかもしれぬのだぞ。覚悟はあるのか」

「証人がおります」

市兵衛が言った。遠山と時右衛門が市兵衛を見つめた。

「村山景助どのを斬った竹川源四郎という浪人者の名が、書状に書かれております。竹川を捕え、村山景助どの斬殺を誰に命じられたか、白状させるのです。竹川は多くのことを知っているはずです。竹川という男を問い質せば、書状に書かれた真実のよりどころが明らかになると考えておりました」

遠山と時右衛門が顔を見合わせた。

「この書状をお買いあげいただくために、わたしが竹川の居どころを調べ、捕えます。こちらに引き連れ、厳密に詮議なされば……」

「わたしもいく」

と時右衛門が身を乗り出した。

しかし、遠山は決心がつきかねているふうだった。

「要は、南城家がすべてを明らかにする決心があるのかどうかなのです。また誰かが罪をかぶり、あるいは誰かが斬られ、また事はうやむやになって終わってしまうとしたら、戸倉さんが命を懸けてこの書状を残した意味がなくなってしまいます。戸倉さんに雇われた用人としては、それは承知できません」

市兵衛は書状に手をのばし、とった。

「それをどうなさるつもりですか」

「書状の値打ちを知る者に、買っていただくしかありません」

遠山は顔をしかめ、しかし諦めたように言った。

「唐木さん、その書状の値打ちは幾らですか」

「戸倉さんの書き残しておられる数があっていれば、勘定いたしましたところ、岩海鉄器の売値に上乗せした総額は、不正を始めてから丸三年、足かけ四年の間に七百三十両余になっておりました。不正の処罰で三家が改易になれば、その家禄は南城家が没収し、南城家の台所の助けになります。また、仲間の仲買商の富松屋も断絶はまぬがれず、その財産も没収となって南城家の台所に入ります。そうすると、損失をこうむった七百数十両以上の回収が見こめるのではないでしょうか。のみならず……」

市兵衛は、ひと呼吸をおいた。

「このたびの、村山景助どの斬殺の起こりである江戸蔵屋敷での不正を暴くことができれば、蔵元の楢崎屋、掛屋の松前屋がどのようにそこにかかわっていたかが明らかとなり、たとえ楢崎屋や松前屋が断絶にならなくとも、失礼ながら、両店から受けておられる南城家の莫大な借財が消えるか、あるいは大幅な減額になる見こみがあります。正か邪は措いても、勘定は十分に合うと思われます」

「南城家に借財があると、お思いか？」

「ふむ。しかし、今はどちらのお大名家も……」

時右衛門が、ふっ、と笑った。

「なるほど。不正がなくなれば、それによってこれからのちも失われていく勘定も、失われずに済むのですからね」

「何とぞ、それらを勘案したうえで買値をつけていただきたいのです」

「では、百両ではいかがですか」

時右衛門がいきなり言った。驚いたのは遠山だった。市兵衛にも意外な額だったが、平然と頷いた。

「志布木、どういうつもりだ」

「ご家老、戸倉は命を捨ててお家に事の真相を明かしてくれたのです。戸倉の命に百両の値打ちをつけても、いいのではありませんか。それに、このたびのことは表沙汰にはできません。唐木さん、この買値は、事を表沙汰にせぬことが条件です。むろん、御目付の片岡さまにもご承知いただかねばなりません」

「よろしゅうございます。お買い求めいただいた書状の値段百両、間違いなく戸倉さんの残された妻と子に、お届けいたします」

「百両……すべてを？」

「いかにも。それが用人の務めです」

市兵衛は笑みを投げた。

「では、事が一段落したのちに百両をおわたしいたします」

「いいえ。江戸の売り買いは、現金掛け値なしでお願いいたします」

六

三日後、紀尾井坂《きおいざか》から喰違を抜け、紀伊家上屋敷の西側の土塀に沿って、竹川源四郎は鮫ヶ橋表町への夜道をたどっていた。

麴町の料亭・むらさきで酒宴があった。南城家蔵屋敷名代の登茂田治郎右衛門を蔵元の楢崎屋嶺次郎と掛屋の松前屋伝左衛門がまねき、登茂田の相伴に竹川も与ったのだった。

蔵役人の猪川十郎左と勝田亮之介がいなかったのは、先だっての戸倉主馬の楢崎屋での狼藉で負った疵が、まだすっかりとは癒えていなかったからだ。

さすが、悪運の強い登茂田は疵も浅く、戸倉の狼藉などなかったかのように何食わぬ顔で酒宴に耽っていた。

先だっての戸倉主馬のことは、金の無心に蔵屋敷へきて狼藉におよんだ末に、という経緯で落着していた。楢崎屋と松前屋が、「あれには本当に肝を冷やしました」「ともかく、事が貧乏浪人の金の無心ということに収まって、ほっとしております」などと登茂田に話しているのが竹川にはおかしかった。

おれがいなければ今ごろは……

と、笑えた。芸者がきて「竹川さまどうぞ」と、つがれる酒が美味かった。

今夜は、戸倉主馬の一件があってから自粛していた、久しぶりの談合のあとの酒宴だった。楢崎屋と松前屋から登茂田が受けとる物も自粛していた。

それもそろそろ、ころ合いである。

ただ、楢崎屋と松前屋は、国元より遣わされた志布木時右衛門とかいう目付の動きを気にかけていた。動けば心配し、動かなければそれも気にかかりと、気をもんでばかりいる。

こちらは金さえもらえばいいのだ。村山景助と戸倉主馬を斬った。命じられれば志布木時右衛門も、斬りますぞ。それほど気をもむならぶった斬って進ぜますぞ、と竹川は思っていた。

夜の帳の中で、提げた《むらさき》の名を記した提灯の薄明かりが、寂しげにゆれていた。深々と冷えこみ、冷たい石のような闇が夜道を閉ざしていた。

「竹川源四郎か」

と、闇の前方より誰何《すいか》の冷たい声がかかったのは、ほどなく鮫ヶ橋にいたる夜道だった。鮫ヶ橋を渡り、紀伊国坂《きのくにざか》をのぼった坂上の小路を折れたところが住まいである。住まいまで、もういくらもない。

右手は板戸を閉ざし眠りについた町家が軒をならべ、左手は紀伊家の土塀が闇の彼方へ続いている。紀伊家の土塀のうえにのびた樹木の影が、黒い天井のように道を覆っている。

不意に、怪しい気配が兆しているのに気づいた。竹川は歩みを止めた。静寂の中に聞こえていた草履の音が途絶え、道は静まりかえった。提灯をかざし、ゆく手の鮫ヶ橋のほうを透かし見た。

鮫ヶ橋は紀伊国坂下を流れる水路に架かる板橋である。長さ二間、幅二間の小さな板橋である。手すりもない。

その板橋の中ほどに、人影がぼうっと見えた。

「誰だ」

羽織を払いながら、自然に刀に手をかけていた。親指を鍔にあて、静かに鯉口をきった。

「竹川源四郎だな」

影はなおも言った。

「名乗れ」

竹川も繰りかえした。

「村山景助と戸倉主馬を斬った経緯を訊ねる」

鮫ヶ橋に佇む影を睨んで、南城家の探索か、と竹川は訝しんだ。

「無粋なやつ。それを訊いてどうする」

「誰に頼まれた」

ちっ、と竹川は舌打ちした。

竹川の問いを無視した影の物言いに、苛だちを覚えた。

「消えろ。今なら間に合う」

竹川は提灯を影へ向けたまま、歩み始めた。影は動かず、だらりと手を垂らしているように見えた。腰に両刀の影が認められる。

鮫ヶ橋が近づくにつれ、菅笠をつけて袴の股だちをとった侍の姿が明らかになってきた。菅笠に隠れて顔は見えなかった。だが、痩身で背が高い。竹川よりも高いと思われた。斬り合うつもりなのか、そうではないのか、身がまえているふうではなかった。まるで、橋の上に置き忘れた置物のように、じっとしていた。

言葉も投げてこなかった。

「おのれ、容赦せんぞ」

と、低い威嚇を夜道に響かせた。

激しい怒りが、腹の底からこみあげてきた。歩みは止めなかった。どう動く、と影の動きを誘うように、ゆっくりと歩み、草履を鳴らした。

橋の手前二間ほどまできたとき、竹川は叫んだ。

「どけっ」

かざした提灯を鮫ヶ橋の袂へ投げ捨てた。

橋の袂で、投げ捨てた提灯が音もなく燃え始めた。炎が橋の上の侍を照らし出したが、見覚えはなかった。

面倒な。志布木時右衛門の手の者か。ならば、ためらいなく斬り捨てる。斬り捨てるしかあるまい。

竹川は刀に手をかけたまま、一転して足を速めた。小気味よく草履が夜道に鳴り、身体が躍動した。酔いは少しも感じなかった。

抜き放ち、炎をゆらす提灯を飛びこえ、たちまち鮫ヶ橋の袂に迫った。橋の上の侍との間は、はや一間もなかった。長刀を上段にとり、

斬る。

と、竹川の脳裡にあるのはそれのみだった。

だん、と踏みこんだ最後の一歩が橋板に鳴った。竹川の身体が、夜空の下にゆれる炎の中で躍動した。次の一歩が橋板を踏み締めたとき、目の前の侍を一刀両断にしているだろう。それが最後になるだろう。

それで終わりだ。

竹川は躍動しながら思った。

それでも侍は動かなかった。まるで、一刀両断の一撃を受けるその刹那を待っているかのように、橋の上に祭った一体の像のように、じっと佇んでいた。

「ええいっ」

竹川の一喝が響きわたり、ためらいなく打ちこんだ長刀が、刃音をたてて夜の帳を斬り裂いた。

しかし、次の瞬間、打ちこんだ長刀には、侍の幻影が薄衣《うすぎぬ》のようにからみついたにすぎなかった。

そのとき、紀伊邸の土塀の上から夜道を覆う樹林の黒い影が、ざわざわと風にゆれたかのように騒いだ。風か？　竹川は思った。

一瞬、意識がそれた。

その刹那、不覚をとったことに気づいた。

橋の上でじっと佇んでいたはずの侍を見失っていた。まさにそれは、刹那の間だった。それは、見失ったのではなく、竹川の念慮が侍の動きに追いつかなかったのだ。

「竹川源四郎、こちらだ」

背後より、声を浴びせられた。

咄嗟にふりかえり、竹川は慄然《りつぜん》とした。橋の上に像のように佇んでいたはずの侍が、背後の、橋の袂に炎をゆらめかす光の向こうに、やはり平然と佇んでいた。樹林がざわざわと騒いでいた。

慄然とした身体の底から、激しい怒りが湧いた。

「それしきの。小癪な」

竹川は吐き捨てた。

正眼にとり、再び侍へと橋上より突き進んだ。

次の一撃で決める。

怒りに任せて思った。見る見る侍へと肉薄した。突き進みつつ、正眼を頭上へ躍らせた。切先を夜空に舞い踊らせ、華麗に打ち落とす。

と、不意に、橋の袂の提灯が燃えつき、ゆらめく炎が音もなくかき消えた。そ

の束の間、竹川は長刀をふりかざしたまま、闇の中にとり残された。そして、
あっ。

と声が出た。

侍の身体が深く沈み、竹川のほうへ流れたのがわかった。柄に手をかけ、瞬時に抜刀するのが見えた。なめらかにすべるように、侍はまっすぐ迫ってきた。

風が、ぶん、と音をたてて竹川に吹きつけた。自然に身体がかしいだ。吐息が触れるほど、侍は迫っているかに感じられた。

ぶつかるのか。だが、侍は天然の流れにゆだねるかのように身体を斜行させ、竹川のわきを抜き胴にくぐり抜けていく。竹川の薙ぎ払う一刀は、侍に達するまでにはまだ遠い宙を泳いでいた。間に合わぬ、と気づいた。

胴に鈍い一撃を浴びた。脾腹《ひばら》が悲鳴をあげ、身体がはじかれた。痛みを感じる前に、気が遠くなった。

身体がつんのめり、片膝をつき、刀にすがって倒れるのをかろうじて堪えた。

遠くなる意識を必死に呼び戻した。

侍が刀をわきへ垂らし、ゆっくりと歩み寄ってきた。

竹川は侍を見あげた。菅笠の下の侍の顔は、見分けられなかった。ただそれで

も、その風貌に言葉に表せぬような空虚が感じられた。

風が騒いでいる。

「なぜ、斬らぬ」

竹川は痛みに喘ぎながら言った。棟打ちに打たれていた。

「あなたを斬りはしない。すべて話してもらう。そのためにきた」

侍が騒ぐ風の中で言った。

「名を言え」

竹川は質した。

「唐木市兵衛。あなたが斬った戸倉主馬はわたしの主人だ。わが友でもある」

「唐木市兵衛……あの愚者の、友だと？」

言った瞬間、竹川は鋭い奇声を発した。

片膝立ちのまま侍の脾腹を斬りあげた。

だが、侍の痩軀は鮮やかに夜空へ跳んでいた。軽やかに翻《ひるがえ》った刀が、竹川の肩を打ち据えた。

自分の悲鳴が遠くで聞こえ、竹川は背中から紀伊家の土塀に叩きつけられた。

身体が痺れ、もう刀を持ちあげられなかった。

土塀に寄りかかった竹川へ、侍はゆっくりと進んでくる。

菅笠の下の侍の顔を見あげたが、光る目しかわからなかった。

光る目が魔物に見えた。

化け物か……

力なく垂らした刀を払い飛ばされた。それに抗する力は竹川に残っていなかった。夜道に打ち払われた刀が、乾いた音をたてた。

「誰に頼まれた」

「くそ、た、戯《たわ》けが」

竹川はくずれそうになる身体を土塀にすがって支え、よろけながら逃げた。

すると、目の前の暗闇の中から数名の深編笠をかぶった侍が見えた。

「助けてくれ」

と侍たちへ、痛みを堪えて乞うた。

中のひとりが竹川のほうへ進み出てきた。刀の柄に手をかけ、抜き打ちに袈裟懸を浴びせられた。竹川は身をよじり、一度天を仰いだ。樹林の黒い影と星空が見えた。

「ああ」

と竹川は小さく悶えた。

「何をする」

と、くずれ落ちながら人の声を聞いた。

「何をする」

と、市兵衛は時右衛門に言った。

時右衛門はこたえず、竹川に止めを刺した。

しゅうしゅう……

闇の中に噴き出す血の音がしたが、うめき声はなかった。

「なぜだ」

市兵衛は声を忍ばせ、しかし激しく時右衛門へつめ寄った。

時右衛門は刀をさげ、市兵衛へ向いた。同道していた三名の家士らが、時右衛門を守るように左右に並びかけた。

「お家の事情です」

時右衛門が刀を納めてこたえた。

「この男が生きていては困るのです。お察しください」

「事情を明らかにせぬつもりですか」

「われらのやり方でしか、明らかにできぬことがあるのです」

「聞かせてほしい。戸倉さんの書き残した事実は、戸倉さんの生と死は、ではなんだったのですか」

「戸倉主馬はわが友です。わが友は死んだ。わが友の書き残した事実は消えた。それだけです。あとはこちらに任せ、いかれよ。これまでです」

時右衛門が言った。

市兵衛は、啞然とした。闇が空虚に広がっていた。

戸倉主馬の笑顔が見えた。ねんねこ半纏を着て、赤ん坊を負ぶっていた。

いいんですよ、唐木さん、それでいいんですよ。それより、豆腐田楽を肴に、また一杯やりましょう。

主馬の笑顔が、そう言っていた。

終　章　亭主の守ったもの

お津奈が飯炊きの仕事を終え、十番馬場町から宮村町の裏店に戻ってきた。

路地では子供らが遊んでいる。どぶ板を鳴らしながら、お津奈は井戸端のおかみさんたちに声をかけて通りすぎた。

隣のご隠居夫婦に預かってもらっている文平に、乳を飲ませてやらないといけない。身体は疲れても平気だった。

わたしがやらなければ……

という気持ちが、お津奈の若い身体の底から湧いてくる。

「おばさん、お世話さま」

声をかけて隣の表戸を開けると、おかみさんが、

「あ、お津奈ちゃん、お客さんだよ」

と、言った。

「え？　うちに」

「ほら、ご亭主の葬儀のときにきていた、すらっと背の高い、姿のいいあのお侍さんがついさっき訪ねてきて。お津奈ちゃんはまだですって言ったら、待たせていただきますってさ。お津奈ちゃんが戻ってくるまで、文平ちゃんの面倒を見ましょうって、抱いていった。今いるよ。文平ちゃんはお侍さんになついているみたいだね。ちょっとだけ泣いてたけど、すぐ大人しくなって」

おかみさんは、お津奈の店のほうの壁を指差した。

お津奈は小走りに戻って、表の腰高障子を引いた。

「どうも、お邪魔をしています」

四畳半で唐木市兵衛が文平のおしめを換えながら、お津奈に笑いかけた。

「今、おしめを換えたところです。そら、気持ちよくなったぞ。文平さんは聞き分けのいい子だな。頭がいいのだな」

市兵衛は文平の着物をなおし、抱きあげた。

「あら、お客さまにそんなことをしていただいて……」

「いいのです。文平さんと遊んでいると、ときのすぎるのを忘れます」

お津奈は四畳半へあがり、汚れたおしめを桶に入れた。そして、「ごめんなさ

い」と市兵衛から文平を抱きとり、

「今すぐ、お茶の支度をします」

と、台所へ立ちかけた。

「何とぞおかまいなく。茶の支度より、先に文平さんに乳をあげてくださいい。きっとお腹が空いているのです。おしめを換えるまで、少しむずかっていました」

「あ、あの、かまいませんか」

と、お津奈は市兵衛のさらさらした笑顔に誘われ、つい言った。

「どうぞ。乳を飲ませながら、わたしの用件をお聞きください」

お津奈は少し迷ってから、「では……」と四畳半の隅へいった。市兵衛に背を向けて坐り、文平に乳を与え始めた。文平は勢いよくお津奈の乳を吸った。小さな手が、お津奈の乳房を抱えようとするかのように触れた。

「まず、ご報告します」

市兵衛はお津奈の背中に言った。

「お津奈さんからお預かりした藪下三十郎さんの書状は、売り払いました。ご亭主の形見なのに勝手に売り払ってとお思いでしょうが、わたしはご亭主より用人役に雇われたのですから、用人としての務めを第一義に考慮いたしました。どこの誰に売り払ったのかは、言わぬ約束のため、申しあげることはできません。ただ、お津奈さんは大旨、お察しのことと思いますが」

お津奈は市兵衛へ横顔を見せ、わかりました、というふうに小さく頷いた。

「代金は、これです」

市兵衛は、包みをお津奈のわきへ膝を進めておいた。それは、白紙の小さな包みではなく、袱紗《ふくさ》にくるんだ拳ほどの大きさがあった。市兵衛は四畳半の元の場所に戻り、

「開いて、金額を確かめてください。それが全額です」

お津奈はためらいつつも、包みへ手をのばして袱紗を開いた。ひとくるみ二十五両の小判が、四くるみあった。

え？　と思わず声が出た。それは金貨には見えなかった。何かの置物のように見えた。ただ、お津奈はわけのわからない動揺を覚えた。

「これは？」

と訊いた。

「藪下さんの書状を売り払った代金です」

「でも、これは……」

「間違いなく、売り払った代金です。百両あります。真っ当に、手に入れたものです。お気遣いなく」

お津奈の動揺が乳を飲む文平に伝わり、文平が不満そうに泣いた。お津奈は文平をあやして、「お飲み」と乳を含みなおさせた。それから肩をゆっくり上下させ、市兵衛へまた横顔を向けた。

「わたし、う、受けとれません。これは、わたしのものでは……」

言おうとしながら、言葉が出てこないようだった。

「受けとるも受けとらぬも、これはお津奈さんのものです。わたしは藪下さんに雇われて、依頼された務めを果たしました。それだけです。ここまでで、わたしの仕事は終わりです」

「だ、だって、わたし、困ります。こんなお金を見たことがありませんし、初めてですし、どうしていいのかわからないし」

お津奈は、怯えていた。文平がまた泣き、お津奈は懸命にあやした。まるで恐ろしいものから目をそらすように、懐の文平へ顔を伏せた。

「どんなことにも、初めてはあります。すぐに慣れますよ。戸惑うのは不慣れな間だけです。どうしていいかわからなければ、わかるときがくるまで、おいておけばいいのです。今すぐわからないといけないのでは、ありません」

「ほ、本当に、うちの人のあの書状が、このお金に？」

「そのとおりです。まぎれもなく、藪下さんがお津奈さんと文平さんに役だてるようにと、残されたのです。ですからこれは、お津奈さんのご亭主の値打ちなのです。ただし、ご亭主の値打ちのほんの一部にしかすぎませんが」

「だったら、うちの人はこのお金のために、斬られたんですか？　わたしと文平を残して、ひとりで消えてしまったんですか。そんなの、おかしいですよね。馬鹿ですよね。命を粗末にしてこんなお金を拵えたって……唐木さん、うちの人は、自分の命を粗末にして、何を書いたんですか。何をしたんですか」

「ひとつ、果たせないことがあります。藪下さんがあの書状に何を書かれたか、お津奈さんに話すように頼まれていましたが、買い手の言い分では、それは人に話してはならぬことが約束でした。どちらへ重きをおくかを用人として判断し、話さぬという約束にして、この代金のほうを選びました」

　そうだ、と市兵衛は膝を打った。

「わたしの給金はこの中からいただくことになっておりました。ただし、前にこちらで藪下さんに馳走になったおかえしを、する約束でした。おかえしの馳走をせぬままになってしまいました。それで、その分を給金の相対とお考えいただければ助かります」

市兵衛は言ったが、お津奈は文平をしっかりと抱き、顔をあげなかった。

「お津奈さん、前も申しました。戸倉主馬の名や、元南城家の侍の身分は、かりそめの飾りにしかすぎません。かりそめの飾りは、あの書状とともに売り払いました。わたしは、藪下さんからお津奈さんと文平さんのことしか頼まれていません。なぜなら、藪下さんはそんな飾りに、未練などなかったからです。失っても惜しくはなかったからです。藪下さんにとって、お津奈さんと文平さんが命に代えても守らなければならない大事なものだったからです。お津奈さんと文平さんが、藪下三十郎さんの全部だったからです」

お津奈の肩が、細かく震えていた。

路地で遊ぶ子供の声が、近くなったり遠くなったりした。子供らの声が聞こえるからか、文平がお津奈に何か言った。お津奈は、かすかに咽びながら、こたえようとした。そして文平を抱き締めたまま、

「うちの人の、藪下三十郎の、全部だった……」

と、絞り出すように繰りかえした。

陸奥岩海領南城家の高知衆で、江戸蔵屋敷名代の登茂田治郎右衛門が、蔵屋敷名代の役を解かれ、国元へ戻ってから数日がたち、病で亡くなった。同じく高知衆の蔵方で江戸詰めだった猪川十郎左と勝田亮之介も、江戸詰めを解かれて岩海へ戻り、登茂田から遅れて数日ののち、相次いで病により身罷った。

ただ、南城家では名家である三家は、それぞれ倅が家督を継ぐことが許され、三家は残った。岩海城下の仲買商の富松屋は、先代の忠治はすでに亡くなっていて、倅が商売を継いでいたが、ささいな間違いを起こして断絶になり、家と財産が没収のうえ、一家は岩海領を追放となった。

江戸の南城家蔵屋敷蔵元の楢崎屋の嶺次郎、同じく南城家掛屋の松前屋の伝左衛門は、倅に身代を譲り、隠居の身になった。二人が隠居をしたのは、南城家に両店が貸しつけていた十万両を超える莫大な借財が返済され、これでお店も安泰となりひと安心ということで、倅に代替わりしたという噂が流れた。

市兵衛が陸奥岩海領南城家の始末がそのようについたと、兄の信正から聞かされたのは、その冬の半ば近くになったころだった。

信正からその話を聞いた日の夕刻、市兵衛は深川の喜楽亭にいて、鬼しぶの定町廻り方・渋井鬼三次、手先の助弥、助弥の下っ引の蓮蔵、そして柳町の蘭医・柳井宗秀と、店土間に二台並ぶ卓のひとつを囲んでいた。

西の彼方に消えかけた入り日が、喜楽亭の油障子に薄い夕焼けを映していた。居候が卓の周りを用をうかがって歩き廻り、向こう鉢巻きの亭主の調理場で炙る浅草海苔の香ばしい匂いが、店土間に漂っていた。

市兵衛が、藪下三十郎こと戸倉主馬が麴町の楢崎屋で斬られた一件にまつわる南城家の顚末を、「ある筋から聞いたところによると……」と語って、渋井がぐい飲みの酒をこぼしながら、

「へえ、そうなのかい。あの藪下って男は、まったく気の毒なことだったよな。ところで、市兵衛、そのある筋たあ、例の恐ろしい顔をした返弥陀ノ介とかいうおめえの知り合いのことかい」

と訊きかえし、

「まあ、そんなようなある筋です」

とこたえたときだった。

「そうだ、市兵衛さん、藪下の旦那の話で、思い出しやした」

と、蓮蔵が口を挟んできた。

「先だって、藪下の金松さんに聞いたんですけどね。藪下の旦那のおかみさんの、お津奈さんをお忘れじゃねえでしょう」

「ああ、忘れてはいないさ」

「そのおかみさんのお津奈さんが、年が明けた春の早いうちに、麻布の新網町に小料理屋を開く支度をしているそうですよ。なんでも、お津奈さんのおっ母さんが開いていた小料理屋の近くに、新しいお店を借りて、小料理屋の名は《三十郎》にするとかなんとか、金松さんが言ってました」

「ふうん、小料理屋の三十郎か。それはいいね。うん、三十郎はいい名だ」

「女手ひとつで、倅を守り育てていくんだと、張りきっているそうです。あんなつらい目に遭ったあとだから、本当によかったですよね」

「ああ、よかった。お津奈さんならきっと上手くやれるだろう。藪下さんの倅を、ちゃんと育てていくだろう」

「そうだ、それから、店頭のお京さんとも会ったんですけどね。お京さんがあっしに言うんですよ。市兵衛さんはどうしてる。なんで顔を出してくれないんだ。蓮蔵、市兵衛さんに顔を出すように言ってくれって、会うたびに言うんで、あっしも困ってるんですよ。市兵衛さん、たまにはお京さんのところへ、遊びに出かけてやってくださいよ」

するとそこで助弥が言った。

「会うたびにって、おめえ、そんなに藪下へ遊びにいってるのかい」

「ええ？　ええ、まあ、このごろはちょいちょい。藪下の柊屋のお鶴《つる》って女がね、あっしにぞっこんなんすよ。もう帰っちゃうの、またきてね、約束よ、と放してくれねえんです。だから、そんなにあっしにぞっこんなら、いってやらないと、可哀想じゃないすか」

「おめえ、麦飯のおかめという女のほうはどうしたんだい」

「麦飯のおかめ？　ああ、あの女とは別れました。お鶴はおかめと比べたら歳も若くて、ぴちぴちしてましてね。なんたって、あっしにすがりついて放してくれないんだから。まだ帰っちゃいやいやって」

蓮蔵は女の声色と仕種まで真似て見せた。

蓮蔵の妙な仕種を見て、居候が怪しい物を見たようにけたたましく吠えた。

「ああ？　どうした」

と、亭主が調理場から顔を出した。

「この野郎、気持ちの悪い。いい加減にしろ」

助弥が蓮蔵の頭を小突いた。

「本当なんですって。お鶴は情の深い女で、心底あっしに惚れてるんですから」

と言った蓮蔵の真顔に、ぶっ、とみなが噴いた。居候はけたたましく吠え、なんだ？　という顔つきの亭主も、そのうちにみなと一緒に笑い出した。

数ヵ月がたって年が明けた文政七年（一八二四）の春、お津奈は麻布の新網町に、十番馬場町の馬喰相手の小料理屋・三十郎を開いた。どうやら、死んだ亭主が少しばかり金を残していたらしいよ、貧乏侍だったのにどうやって金を残せたのかね、といろいろとり沙汰する者がいたが、お津奈の小料理屋は繁盛した。

とりたてて器量のいい女将ではないけれど、昔、この新網町で小料理屋を営んで自分を育ててくれたおっ母さんと死んだ亭主に仕こまれたという料理の評判がよく、また、つまみになぜか味噌煎餅が出て、それも妙につまみに合うと評判になった。まだ赤ん坊の倅を負ぶって働く姿がけな気で、気だてもいいと、馬喰らの人気女将になった。

うつけ者の値打ち

一〇〇字書評

切り取り線

購買動機（新聞、雑誌名を記入するか、あるいは○をつけてください）

□（　　　　　　　　　　　　）の広告を見て
□（　　　　　　　　　　　　）の書評を見て
□ 知人のすすめで　　□ タイトルに惹かれて
□ カバーが良かったから　　□ 内容が面白そうだから
□ 好きな作家だから　　□ 好きな分野の本だから

・最近、最も感銘を受けた作品名をお書き下さい

・あなたのお好きな作家名をお書き下さい

・その他、ご要望がありましたらお書き下さい

住所	〒				
氏名		職業		年齢	
Eメール	※携帯には配信できません	新刊情報等のメール配信を 希望する・しない			

この本の感想を、編集部までお寄せいただけたらありがたく存じます。今後の企画の参考にさせていただきます。Eメールでも結構です。

いただいた「一〇〇字書評」は、新聞・雑誌等に紹介させていただくことがあります。その場合はお礼として特製図書カードを差し上げます。

前ページの原稿用紙に書評をお書きの上、切り取り、左記までお送り下さい。宛先の住所は不要です。

なお、ご記入いただいたお名前、ご住所等は、書評紹介の事前了解、謝礼のお届けのためだけに利用し、そのほかの目的のために利用することはありません。

〒一〇一－八七〇一
祥伝社文庫編集長　清水寿明
電話　〇三（三二六五）二〇八〇

祥伝社ホームページの「ブックレビュー」からも、書き込めます。
www.shodensha.co.jp/bookreview

祥伝社文庫

うつけ者《もの》の値《ね》打《う》ち　風《かぜ》の市兵衛《いちべえ》

平成28年4月20日　初版第1刷発行
令和5年10月25日　第8刷発行

著　者　辻堂《つじどう》魁《かい》
発行者　辻　浩明
発行所　祥伝社《しょうでんしゃ》
東京都千代田区神田神保町3-3
〒101-8701
電話　03（3265）2081（販売部）
電話　03（3265）2080（編集部）
電話　03（3265）3622（業務部）
www.shodensha.co.jp
印刷所　堀内印刷
製本所　ナショナル製本
カバーフォーマットデザイン　中原達治

Printed in Japan ©2016, Kai Tsujidou ISBN978-4-396-34201-2 C0193

祥伝社文庫の好評既刊

辻堂 魁　風の市兵衛

さすらいの渡り用人、唐木市兵衛《からきいちべえ》。心中事件に隠されていた奸計《かんけい》とは？〝風の剣〟を振るう市兵衛に瞠目！

辻堂 魁　雷神　風の市兵衛②

豪商と名門大名の陰謀で、窮地に陥った内藤新宿の老舗。そこに現れたのは〝算盤侍〟の唐木市兵衛だった。

辻堂 魁　帰り船　風の市兵衛③

「深い読み心地をあたえてくれる絆のドラマ」と、小椰治宣《おなぎはるのぶ》氏絶賛の〝算盤侍〟の活躍譚！

辻堂 魁　月夜行《つきよこう》　風の市兵衛④

狙われた姫君を護れ！　潜伏先の等々力・満願寺に殺到する刺客たち。市兵衛は、風の剣を振るい敵を蹴散らす！

辻堂 魁　天空の鷹《たか》　風の市兵衛⑤

「まさに時代が求めたヒーロー」と、末《すえ》國善己《くによしみ》氏も絶賛！　息子を奪われた老侍とともに市兵衛が戦いを挑むのは⁉

辻堂 魁　風立ちぬ（上）　風の市兵衛⑥

〝家庭教師〟になった市兵衛に迫る二つの影とは？〈風の剣〉を目指した過去も明かされる興奮の上下巻！